햇살을 받고
침묵을 깨뜨려

헌신을 받고
침묵을 깨버림

지구상에는 이 순간에도 보이지 않고, 알 수 없는 많은 일들이 일어나고 있습니다. 자연의 힘이 변칙된 계절의 흐름으로 몸살을 앓고 있다는 것을 누구나 압니다. 하지만 알면서도 선뜻 대책을 강구함에도 불구하고 해결을 볼 수 없는 것 또한 숙제입니다. 과거에는 전쟁에 의한 힘의 논리로 주도를 잡았지만 현재에는 나라마다 앞서거니 뒤서거니 불투명하고 불확실한 경제의 흐름이 사람들을 압박하고 있습니다. 하지만 변화의 물결은 언제든지 올 수 있는 것입니다. 작은 바람이 모이면 돌풍을 일으키고, 작은 물결의 움직임이 거대한 파도를 일으키며, 쓰나미를 만들어내기도 합니다. 사람은 자연재해 앞에서 겸허해질 수밖에 없는 지구상의 작은 존재이지만, 세대를 넘어 역사를 만들어 내는 위대한 존재이기도 합니다.

과학이 발달되어 우주를 넘나들지만 한계는 어디쯤 일까요? 사람이 살면서 원하는 것을 다 얻을 수 있을까요? 평범한 일상을 통해서도 작은 일들이 일어나고 있지만 이유 없이 일어난다고 생각하나요? 모든 결과에는 원인이 있기 마련입니다. 개개인의 생각과 행동의 방향에 따라서 개인의 삶도 변화될 수 있다는 설명입니다.

살면서 많은 의문점들이 생기지만 해결할 수 있는 부분이 그리 많지는 않습니다. 의식주의 해결은 모두 다 공통된 사항이지만 그 끝은 피할 수 없는 사후세계와 연결됩니다. 일생을 살아가는데 급급하여 이런 문제는 사람들이 무의식적으로 피하려고만 합니다. 하지만 피한다고 해결될 일이 없듯 이런 문제를 놓고 과거, 현재, 미래에 아무도 답을 제시해줄 수 없는 것이 현실입니다. 그러니 속수무책으로 어떤 재앙이 닥쳐오면 당할 수밖에 없습니다.

언젠가 이런 문제로 많은 생각과 고민으로 시절을 보낸 적이 있습니다. 이에 대한 답을 주는 이가 있었습니다. 필자는 어떤 세계와 교감을 하게 되었는데, 이때 나를 찾아온 이는 머리카락이 하얗고, 긴 수염도 희고, 옷차림도 완전한 흰 빛이었습니다. 나이를 가늠할 수 없는 노인의 모습이었는데, 우주의 소리처럼 어떤 큰 울림으로 내 귓가를 자극하며 목소리가 들려왔습니다.

"온 우주를 품을 수 있는 존재가 둘이다. 성모 마리아와 관세음보살이니라. 인간은 나약한 존재이므로 어떤 재앙이든 닥치면 당하고 만다. 어머니의 마음으로 인간을 감싸고, 무엇이든 청하면 들어주실 존재이므로 곧 닥쳐올 재난을 미리 막을 수 있는 것은 이분들의 능력 밖에 없다."

  세상에 알려지지 않은 이분들의 명칭을 大明冥總(대명명총) 이라고 합니다. 12년이 지난 지금까지 두 번 다시 그 노인은 나타나지 않았습니다. 종교인이든 아니든 상관이 없습니다. 인간이라면 개인의 주어진 시간으로 살고 있지만 하늘에서 보면 사람에게 그 시간은 다 똑같습니다. 어떻게 시간을 활용하느냐에 따라서 삶이 달라질 수 있겠지요. 먼 옛날부터 이미 우리는 살아왔었고, 지금까지도 존재합니다. 단지 개개인이 과거의 기억을 못할 뿐이고, 뿌리처럼 연결되어 있기 때문에 자신에 대한 존재에 대해서도 알아야합니다. 이것이 지금 나의 현재와 미래의 행복과 불행이 결정되기 때문입니다. 물론 사후세계까지도 연결되어 있는 것이지요.

                                                        글쓴이 로사

 사람은 대상에 따라 언제고 마음이 변할 수 있다.

대상이 마음에서 떠나면 그는 잠시 머무는 나그네일 뿐이고 대상이 마음에서 떠나지 않으면 그는 주인이다.

세상은 서로 서로가 분별하는 마음으로 살지만 분별하는 마음이 없으면 대상에 대한 소유욕도 사라진다.

살면서 그물에 걸리지 않는 바람처럼 자유롭게 살고싶어 하지만 생존에 대한 본능 때문에 삶에 있어 대상의 소중한 인연을 놓치기도 한다.

지금 내가 할 수 있는 최선의 것을……

또 내가 갖고 있는 최고의 것을……

이것이 세상을 지탱해 주는 삶의 지렛대 역할의 힘인 것임을.

비창 悲愴

두 남녀가 만난 때는 2차 세계대전 전쟁 중이었다. 구스타프 크루프
폰 볼넨운트할부흐는 독일 나치 군에게 군수품을 지원하는 일을 하였
고, 유태인인 여자는 평범한 두 아이의 엄마였다. 구스타프 크루프폰
볼넨운트할부흐를 만난 것은 독일 시내의 작은 레스토랑이었다. 레스
토랑은 전시 중이었지만, 대부분의 손님은 독일인이었고, 유태인들은
신분을 감춰야만 하던 시기였다. 역시 그녀도 유태인이었기에 신분을
감출 수밖에 없었다. 언제 끝날지 모르는 전쟁이 모든 것을, 개인의 삶
까지도 짓밟아 버렸다. 단지 하루하루 위태로운 목숨을 부지할 뿐이었
다. 시내에서 한 참을 떨어진 작은 길 끝에 자그마한 돌담집이 하나 있
었다. 마을이라고 해보아야 집이 뜨문뜨문 있어서 인적 또한 뜸한 곳
이기도 했다.

희망이 없는 오늘도 그녀는 잠시 희뿌연 금이간 유리창을 무심코 바라보고 있었다. 낡고 낡은 작은 침대위엔 아이들이 새근새근 곤히 자고 있었다. 그 모습을 바라보는 그녀는 가슴 깊이 올라오는 뭉클한 감정이 느껴졌다. 아이들을 앞으로 어떻게 키울 것인가. 아무것도 아이들에게 해줄 수 없는 지금의 현실이 암담하기만 하였고, 가슴이 아팠다. 이것이 모성이리라. 이미 오래전에 기억하기 싫은 상처뿐인 과거의 기억이 또다시 머리를 어지럽혔다. 남편은 전시 중에 나치에 의해 끌려가 소식이 없었다. 남편이 죽었는지 살았는지 알 수 없는 상황에 자신이 아이들을 어떻게 보호해줄 수 있을지 아득하기만 하다. 어떻게든 이 도시에서 전쟁이 끝날 때까지 버티든지 아니면 멀리 피난 갈 수밖에 없는 때이지만, 남편이 혹시나 언젠가는 돌아올까 하는 기대감에 떠나지도 못하고 급한 상황만 모면하고픈 생각 밖에 들지 않았다. 그녀는 오늘도 하루를 어떻게 버티나 하는 생각으로 상념에 젖어 멍하니 그렇게 앉아 있었다.

　전쟁 중인 이 시기에 아이들의 주린 배를 채워줘야만 하는데, 일자리도 얻기 힘들 지경이었다. 그녀는 잠시 생각에 잠겼다. 유태인이라는 신분 때문이라 위험했기 때문에 우선 아이들을 친척집에 맡기고, 생계를 위해서 나서야만 한다고 생각했다. 그리고는 자고 있는 아이들을 급히 깨우고 서둘러 간단한 아이들의 옷가지를 챙겨서 길을 나섰다. 집에서 얼마만큼 떨어져 살고 있는 친척 집에 아이들을 부탁할 참이었다. 그 집에 도착했을 때, 어디선가 총성 소리와 아군인지 적군인지 알 수 없는 비행기가 하늘 위로 소리를 내며 지나가고 있었다. 마음이 갑자기 급해졌고, 이미 늙어버린 친척 할머니에게 아이 둘을 맡긴다는 것이 불안 했지만, 지금으로서는 이 방법 밖에 없는 것이다. 두 눈 말똥말똥 뜨고 있는 아이들을 뒤로 한 채 그녀는 그 집을 나서자마자 조심스럽게 잰 걸음으로 걸었다. 한참을 걸어 시내에 가까워지자 군인들이 시내를 활보하고, 민간인이라고는 노인들과 아이들이 대부분 거리에 비춰질 뿐, 젊은 사람들은 간간이 보일 뿐이다. 그녀는 조심스럽게 길을 걷다가 작은 간판 글씨가 그녀를 자극시켰다. 레스토랑 간판이 눈에 들어왔고, 순간 자신이 일할 수 있는 곳일 수도 있다는 생각에 출입문을 살며시 밀고 들어섰다. 삐거덕거리는 문소리에 홀 안의 몇 몇 앉아있던 독일 군인들과 젊은 사람들의 시선이 그녀를 바라보았다.

　그녀는 잠시 주춤거리며 자신의 신분이 노출될까 두려워하며 나갈까 망설였지만 엉겁결에 둥근 탁자의 의자에 앉았다. 마치 종업원이 오기를 기다리고 있는 것처럼 애써 태연한 척 하였다. 그 때 유심히 그녀를 뚫어져라 응시하는 시선이 있었다. 따가운 시선에 그녀는 그를 의식하면서도 못 본 척했는데, 순간 그와 눈이 마주쳤다. 잠시 그도 머뭇거리다가 자리에서 일어나 그녀에게 다가오는 것이 아닌가. 몇 걸음 오더니 옆에 앉아도 되겠느냐고 그녀에게 물었다. 그녀가 고개를 끄덕이자 그는 손짓으로 종업원을 부르더니 몇 가지 음식을 주문하였고, 음식이 오자 종업원에게 그녀 앞에 음식을 차리게 하였다. 당황한 그녀는 그를 쳐다보면서 순간 자존심이 상했고, 그 자리에서 벌떡 일어났다. 그가 갑자기 미안한 듯 얼굴을 붉혔고, 그녀는 어찌할 줄 몰라 당황하면서 급히 문을 밀치고 나가자 그도 따라 나와 종종 걸음으로 걷고 있는 그녀에게 소리쳤다.

"이봐요! 내가 일방적이었다면 사과하리다. 그저 왠지 당신과 식사를 같이 하고 싶었을 뿐입니다. 나는 늘 혼자요. 외로웠을 뿐이오! 당신 양해를 사전에 구하지 않고 음식을 시킨 것 미안하오. 자존심이 상했다면 용서하시오. 직설적인 내 성격 탓이니 어쩌겠소?"

여자는 그 말에 가던 길을 잠시 멈추었다. 그리고는 그를 돌아보며 소리쳤다.
"나는 당신이 나를 거리의 여자로 취급하는 것 같아서 마음이 상했어요."

그가 그녀에게 다가오면서 나지막하게 그녀의 귓가에 속삭였다. 그녀는 움찔하면서 몇 발짝 뒷걸음을 쳤다. 그가 말했다.

"솔직히 말하면 내 뜻을 받아주겠소? 실은 처음 본 순간 당신이 마음에 들었소. 앞 뒤 생각할 여유가 없었던 것이오. 이 전시 중에 거리에 낭만이라는 게 남아 있겠소? 모든 것이 다 사라져 버렸는데 당신이나 나나 폭격으로 운이 없으면 언제 죽을지 모를 일이오. 자, 이젠 내 뜻을 밝혔으니 당신의 말을 들어봅시다."

그리고는 그는 앞장서서 레스토랑 쪽으로 걸어갔다. 그녀는 자신이 있는 집으로 향했고, 집에 돌아와서야 집에 먹을 것이 전혀 없다는 것을 깨달았다. 배가 고팠지만 몇 스푼 남지 않은 커피가 있는 것을 알고 물을 끓여 마지막 남은 차를 마셨다. 그렇게 뜬 눈으로 밤을 새우고 날이 밝자 꿋꿋하게 버텨야겠다는 생각에 다시 발길을 돌린 곳은 전날 갔던 그 레스토랑이었다.

그녀는 레스토랑 주방에 일자리를 구하려고 가게 안을 들어갔다가 어제 만났던 그와 또다시 마주 쳤다. 그는 식사 중이었고, 그녀를 보자마자 반색을 하며, 자신의 자리에 앉혔다. 오만 하리만치 도도해 보이던 그가 와인 한 잔을 그녀에게 권했고, 그녀는 받아마셨다. 그녀는 마음속으로 생각했다.

'지금 내 처지는 자존심을 세울 때가 아니다.'

짜릿한 술이 목에 넘어갈 때 가슴까지 아릿했고, 그가 권하는 빵과 고기를 먹기 시작했다. 허기진 배를 채우기엔 충분했고, 애써 태연한 척 했다. 그녀를 보는 그는 미소를 머금고 그녀의 얼굴을 응시하고 있었다. 그녀는 그때서야 그에게 마음을 조금씩 열어갔다. 취직을 하려고 레스토랑을 찾았다는 이야기까지 하게 되었다. 그녀의 말을 듣던 그는 이 레스토랑에는 주방의 종업원이 다 남자만 있다는 말과 함께 자신이 도움을 주면 어떻겠냐고 그녀의 의견을 물었다.

이렇게 해서 구스타프 크루프폰 볼넨운트할부흐와 그 유태인 여인과의 만남이 시작되었다. 그는 그의 아버지 때부터 군수품을 만드는 공장을 운영하는 사람이었고, 생각과는 달리 성격이 너무나 부드러웠다. 하루하루 그녀는 그와의 만남이 잦아지면서 어느 순간 그에게 기대고 있었다. 그는 그녀에게 세심한 배려로 잘 해 주었고, 그렇게 날이 어떻게 가는지, 또 어떻게 세월이 흐르는 줄도 모르고 젖어있을 때 였다. 아이를 맡겨 놓은 친척이 유태인이라는 것이 발각되어 나치가 친척을 어디론가 데리고 갔다는 소문을 듣고, 그 집을 부랴부랴 찾았다. 다행하게도 아이들은 집에 있었다. 그녀가 아이들 이름을 부르자 그 집 다락에 숨어 벌벌 떨면서 잔뜩 겁을 먹고 있던 두 아이들이 나타났다. 그녀는 어떻게든 이 고장을 떠나야만 한다는 생각에 마음이 급해졌다. 나치가 유태인들을 차에 강제로 태워서 수용소로 보내버렸기 때문에 그녀는 두려움에 사로잡혔고, 어떻게 해서든 아이들을 위해서 지금은 구스타프 크루프폰 볼넨운트할부흐에 대한 생각은 잠시 접기로 하였다. 하지만 머지않아 언젠가는 그녀의 정체를 그가 알게 되면 그와 헤어져야 할 시기가 올 것이다. 그녀는 그와의 만남이 거기까지라고 애써 인정하고 싶었다. 그녀가 유태인이라는 사실을 알게 되면, 어떻게 그가 행동할지 두려웠다. 물론 그에 대한 사랑은 있었지만 지금은 아이들의 장래가 걱정이었고, 나치가 수용소에 아이들도 보낸다는 생각 때문에 아이들과 함께 도망치려고 마음먹었다. 하지만 나치의 눈을 피할 수는 없었다. 그녀는 아이들을 데리고 열차에 몸을 싣는 순간 나치에게 잡혔다. 나치가 그녀에게 신분증을 제시하라고 말했기 때문이었다. 순간 눈앞이 깜깜해졌고, 상황을 파악하고 구스타프의 이름을 들먹거리며 그에게 연락을 해주기를 나치군에게 간청했다. 나치들이 그녀를 보면서 저희들끼리 수군거렸고, 어디론가 연락을 취하는 듯 바삐 움직이는 것이 보였다. 이때, 기적소리가 나면서 기차는 그녀의 눈앞에서 출발해 버렸다. 그 모습을 보며 허탈한 심정으로 양손으로 아이들을 품에 안고, 앞으로 어떻게 될지 알 수 없어 불안하기만 하였다. 독일군들은 그녀를 감시하고 있었다. 얼마 쯤 시간이 흘렀을 때, 군용차 한 대가 잠시 멈추더니 누군가 차안에서 그녀를 불렀다. 그는 구스타프였다. 그녀는 순간 당황스러운 마음이었지만, 이 상황을 모면 하려면 그와 같이 있어야 했기에 얼른 아이들과 그의 차에 올랐다. 그는 차안에서 내내 그녀에게 어떠한 질문도 말도 하지 않았다. 그의 표정은 몹시 굳어져 있었고 차가 길을 내내 달리는 동안에도 아무 말도 하지 않았다.

약 한 시간 쯤 차로 달렸을까? 인적이 없는 곳에 다다랐다. 차에서 내리라는 그의 말에 아이들과 함께 주변을 둘러보니 얼마 전에 폭격을 맞은 듯 건물들이 부서져 있었다. 그가 허름한 건물 안으로 먼저 앞서 들어가고, 그녀 역시 뒤따라 들어갔다. 밖에서 보는 것과 달리 안에는 깔끔하게 정리되어있는 침대와 가구, 주방이 눈에 들어왔다. 그는 아무런 말도 없이 탁자에 차려진 빵과 스프를 아이들에게 먹으라고 말했고, 아이들은 엄마의 눈치를 살폈다. 그녀는 고개를 끄덕이며 아이들을 안심시켰다. 아이들에게 음식을 먹이는 동안 그는 침대 옆에 자리잡은 책상에 앉아있었다. 얼마 쯤 시간이 흘러 아이들이 피곤했는지 어느새 꾸벅꾸벅 졸자 그는 아이들을 안아서 침대에 눕혔고, 아이들은 곤히 잠이 들었다. 잠시 침묵이 감돌았다. 밤이라도 지금은 전시 중이라 불을 켤 수가 없었고 어디선가 손전등으로 비춰지는 빛만이 간간이 희미하게 사물을 비출 뿐이었다.

칠흑 같은 어둠이 사방으로 드리워진 사이 밖에서는 사이렌 소리가 고요한 정막을 깼다. 멀리서 들려오는 군화의 발자국 소리와 총을 장전하는 소리까지 귀를 자극했다. 허름한 건물 안에 유리창 틈새로 달빛이 비춰진 사이로 서로의 얼굴만 바라보고 있었고, 낡은 나무 탁자를 가운데 두고 앉아서 긴 침묵 속에 있었다. 잠시 그녀의 손끝이 떨리면서 꾹 다문 입술엔 핏기가 없을 정도로 그녀는 긴장했다. 이 때, 체념한 듯 고개를 숙이고 있던 그가 입을 열었다.

"내가 당신한테 어떤 존재인 것이오? 내가 알고 있는 당신이라는 사람이 맞는 것이오?"

그의 말에 그녀의 작은 흐느낌이 이어졌고, 고개를 들어 그를 바라보았다. 구스타프가 자신을 왜 속였냐고 그녀에게 추궁하자 그녀가 입을 열었다.

"제가 유태인이라고 처음부터 당신에게 고백했다면 저를 수용소로 보낼까봐 두려웠어요. 당신을 속인 걸 용서하세요."

그녀는 말을 잇지 못하고 흐느끼며 울었다. 그가 다시 물었다.

"내가 당신에게 묻고 싶은 건 당신의 신분이 아니라, 나를 진심으로 사랑했는지 묻고 있는 것이오. 그리고 당신한테 자식이 있다는 걸 나에게 왜 말을 못한거지?"

그녀가 눈물이 범벅이 된 얼굴로 그 앞에 무릎을 꿇고 말했다.

"어린 자식들을 데리고 전시 중에 살기가 막막했어요. 그래서 당신에겐 처녀라고 거짓말 했어요. 당신만이 나와 내 아이들을 보호해줄 사람이라 생각했어요. 내 아이들을 살리기 위해서 어쩔 수 없었어요. 그것뿐이에요."

잠시 침묵이 흘렀다. 구스타프는 일어나더니 그녀에게 다시 물었다.

"다시 묻겠소. 당신, 나를 사랑하긴 한 것이오?"

그녀가 잠시 머뭇거리더니 이내 입을 열었다.

"처음엔 아니었어요. 그런데 날이 갈수록 나 자신이 당신에게 무너지고 있었다는 걸 깨달았어요. 이것이 사랑의 감정인 줄은 최근에 알 있어요. 하지만……."

이때 그가 갑자기 자리에서 일어났다. 서랍을 열더니 작은 봉투를 꺼냈다. 그리고 그녀의 손에 쥐어주었다.

"여기 적힌 곳으로 지금 당장 떠나요. 여기 계속 있다가는 당신이 살아남지 못할 거요. 당신 신분이 이미 노출 되었으니 나치가 당신을 찾는 데는 시간문제 일 것이오. 내가 당신에게 해줄 수 있는 건 이것뿐이오. 여기 적힌 곳에 도착하거든 아이들과 잘 사시오."

그렇게 말하고는 창문을 통해 밖의 동태를 살폈다. 그리고 손짓으로 그녀에게 이곳에서 빨리 나가라는 시늉을 했다. 구스타프의 행동에 그녀는 안심한 듯 울면서, 아이들을 깨워 급히 그곳을 떠나버렸다. 그녀가 나가는 모습을 안 보려는 듯 그는 고개를 돌리고 있다가 잠시 후, 피곤한 몸을 추스르며 침대에 누웠다. 그리고는 가슴을 쥐어짜듯 구스타프는 한없이 울었고 사랑하는 그녀가 무사히 목적지에 도착하길 바라면서 마음을 졸였다.

새벽이었을 때, 구스타프는 갑자기 오르는 열을 감당할 수 없어 급히 침대에서 일어나 집안 주방으로 가서 얼음통을 찾았다. 그는 얼음을 작은 주머니에 넣고 이마에 대고 있었지만 시간이 흘러도 열은 좀처럼 내리지 않았다. 그는 얼마 전부터 이런 증상으로 알 수 없는 열병에 시달리곤 했던 것이다. 심해지면 온몸에 열꽃이 피어 고통스러웠지만, 그녀에게는 말할 수 없었다. 자신의 병을 그녀에게 알려서 걱정을 끼치게 하고 싶지 않았던 것이고, 그녀에게는 강한 남자의 모습으로 인식되기를 바랐던 것이다. 감당할 수 없는 열이 온 몸의 고통 속으로 파고들었지만, 열은 쉽게 내리지 않았다. 열 기운에 지쳐서 이내 잠속으로 빠져들었고, 구스타프는 희미해져가는 기억을 찾으려는 듯 생각을 하였다. 그리고는

'차라리 낫지 않는 병이라면 잠이 든 상태에서 이대로 죽는 것이 덜 고통스럽겠지?'

라며, 잠속으로 빠져들었다. 구스타프는 그렇게 혼자서 알 수 없는 열병에 시달렸다.

그 후 전쟁이 끝나도록 그는 그녀를 만나지 못했고, 소식도 알 수 없었다. 전쟁이 끝나고 그를 비롯한 나치 전범 재판이 독일에서 시작되었다. 독일 뉘른베르크에서 열린 국제 군사 재판은 나치 지도자들이 전범으로 기소되어 재판을 받았는데 기소 이유는 다음과 같았다.

1. 평화에 관한 죄 : 국제조약과 협정을 위반하고 침략 전쟁을 계획,
   준비, 실행한 죄
2. 인도(人道)에 관한 죄 : 인민 몰살, 추방, 집단 살해
3. 전쟁 범죄 : 전쟁법 위반
4. 앞의 세 기소사항에 있는 범죄 행위를 계획, 공모한 죄

1946년 10월 1일 216차에 걸친 공판이 끝난 뒤 최초 24명의 전범들 중 22명에 대한 판결이 언도되었고, 로베르트 라이는 수감 중 자살했고 구스타프 크루프폰 볼넨운트할부흐는 정신적 신체적 장애로 정상적인 재판을 받을 수 없었고 그는 알 수 없는 열병으로 죽었다. 그의 죄명은 당시 무기를 만드는 공장을 운영하였는데, 1930년 이후 나치의 세력 확장과 함께 군수 산업으로 나치에게 군수품을 지원했기 때문이었다.

2009년 12월 4일 구스타프 크루프폰 볼넨운트할부흐의 영혼과 나는 서로 교감했다. 구스타프는 2차 대전 때 자신이 사랑하는 여인과의 사연을 스크린처럼 나에게 보여주었다. 그리고는 글로 적어 세상에 자신의 사연을 나를 통해 알리고자 부탁했다.

유태인의 사상 이론보다 영적 세계의 이론이 강하다.

'삶'이란 보통사람에겐 하루하루를 살아가기 힘든 사람에겐 하루하루를 살아 내는 것, 하루하루를 버텨내는 것, 이 또한 삶의 지혜이다.

낮과 밤이 수없이 바뀌고 사람들이 기억하지 못하고 알지 못했던 아주 오래전부터 누군가에 의해 모든 만물에는 다 이름이 지어졌습니다.

그리고 만물은 지어진 이름대로 제 몫을 다하고 자연으로 되돌아갑니다.

사람도 태어나면 좋은 뜻을 담아 이름을 지어줍니다.

이렇게 귀하게 붙여진 이름은 이름에 담긴 뜻대로 평생을 잘 살아가라는 의미이기도 합니다.

잠시 행동을 접고 자신의 이름을 한 번 불러보십시오.

나는 지금 제 몫의 이름값을 하며 살고 있는지 한 번 질문해보십시오.

내 이름의 뜻에 맞게 삶의 질에 만족한다면 행운이겠지요.

또한 복일 겁니다.

생사生死

　우리가 일상을 살면서 습관이라는 것이 참으로 중요하지만 무섭다고 느껴질 때가 있다. 특히 어렸을 때 자의든, 타의든, 자연스럽게 접했던 환경이 사람 일생에 평생의 기억으로 남는다. 그 기억이 좋은 추억이 될 수도 있고 나쁜 추억으로 삶에 영향을 줄 수도 있다. 중요한건, 이 기억 때문에 세상을 살면서 개인 인생에서 흐름을 탄다는 것이다.

　나에게도 내 인생의 의미를 되돌아 볼 시기가 있었다. 그럴 적마다 어릴 때의 기억으로 잊혀지지 않고 내 삶에 영향을 준 사람이 있었다. 그분은 나의 외할아버지였고, 내가 여덟 살 때였던가. 그 시절 외할아버지는 중풍으로 거동도 불편하시고 말도 잘 못하셨다. 그럼에도 불구하고 외할아버지 집과 우리 집 사이의 거리는 500M정도 되는 거리에 있었는데도 내가 학교에 갔다 집에 오면 어김없이 외할아버지께서 집에서 나를 웃으면서 반갑게 맞이해 주셨다.

어린 마음에 외할아버지를 볼 때마다 너무나 안쓰러웠다. 그것은 보통 사람들이 20분이면 걷는 거리를 외할아버지가 우리 집까지 오시려면 한 시간이 넘게 걸렸던 것이다. 마치 아장아장 걸음을 걷는 아기처럼 조금씩 발을 떼셨고 말문이 닫혀서 손짓으로 표현을 하셔야 했기 때문이다. 몸이 그렇게 불편하셨는데도 불구하고 다른 사람의 도움을 받기를 싫어하셨다. 늘 주일이면 혼자서 교회를 다니시곤 했는데, 할아버지 댁과 교회도 꽤 멀었다. 겨울이면 눈이 많이 내리는 날엔 주일이라도 눈길에 불편한 몸을 가누지 못해 넘어져 다칠 것 같아 자식들이 말려도 보지만 막무가내로 외할아버지는 교회에 빠지지 않고 다니셨다.

그 시절 외할아버지는 늘 옆구리에 책을 끼고 다니셨는데, 그 책은 바로 구약성서였다. 책이 제법 무게가 느껴질 만큼 상당히 두꺼웠는데, 내 기억으로는 그 책이 이해하게 쉽도록 만화형식으로 글과 그림으로 성서의 내용이 표현되어 있었다. 나는 할아버지를 뵈올 때 마다 그 성서 책을 읽는 것이 나에게 유일한 즐거움이었다. 그 책을 읽고 있는 내 모습에 외할아버지는 흐뭇해하셨고, 내가 읽고 나면 그때서야 외할아버지도 성서를 들고, 해지기 전에 댁으로 돌아가셨다. 언제나 매일 성서를 읽으셨기에 늘 책을 옆구리에 끼고 우리 집에 왔다 가시곤 했다.

외할아버지가 댁으로 가실 때는 내가 모셔다드리곤 했는데 길을 가다보면 낯선 어른들이 볼 때는 작은 여자아이가 할아버지를 부축하면서 길을 걷는 모습이 측은했는지, 대견했는지, 곁에 와서 같이 부축하여 집까지 데려다 주는 사람들도 종종 있었다.

외할아버지께서는 그 분 성격 탓인지 우리 집에서 주무시고 다음날 가시라 해도 내가 책을 다 읽은 저녁 시간만 되면 어김없이 일어나 댁으로 돌아가셨다. 그 고집스러운 성격 탓인지 임종하실 때까지 외할아버지는 기독교를 끝까지 고집하셨다. 외할머니는 당시 절에 다니셨고, 절의 살림을 맡아서 운영하실 정도로 신실한 불자셨다. 외할머니 역시 돌아가실 때까지 불교를 끝까지 고집하셨지만 외할아버지와는 종교 문제로 갈등은 없으셨다. 서로가 다른 종교를 믿었지만 존중하셨다. 그러기에 집안에서 종교 분쟁은 없었던 걸로 안다. 자식들에게도 억지로 종교를 권하지는 않으셨고, 스스로 믿기를 원하셨기에 집안에 종교로 인한 다툼은 없었다. 그러나 두 분이 돌아가셨을 때는 본인들의 유언대로 한 분은 불교식으로, 또 기독교식으로 장례를 치러야만 했다. 당시 상가집 분위기에 친척들이 황당해했던 모습이 지금도 여전히 눈앞에 선하다.

세월이 흘러서 내가 잊지 못하는 것은 어렸을 때의 외할아버지와 함께 성서를 탐독했던 그 시절이 지금까지 내가 살아오면서 내 인생에 지대한 영향을 끼쳤다고 본다. 지금도 성서 내용 중에 특히 잊지 못하는 부분이 있는데, 현재에도 그 내용을 다시 읽어도 성서 속의 그 인물이 너무나 감동스럽고 존경스럽기까지 하다. 그런 지혜는 하늘이 주셔야만 가능하기에 시대가 바뀌어도 진리로 남아 있는 것이라고 본다. 그 대목은 솔로몬의 재판내용이다.

솔로몬이 왕이 되어 하늘을 우러러 청했던 것이 지혜로운 왕이 되어 백성을 다스리는 것이었다. 솔로몬 왕이 어린 나이에 왕위에 올라 정치를 어떻게 펴 나갈 것인가 걱정하는 이들도 많았다. 그런데 이 시기에 왕이 판결을 내려야만 하는 사건이 하나 생겼다. 이 최초의 재판을 솔로몬 왕이 어떻게 판결을 내릴까 하고 세상의 눈과 귀가 집중 되는 사건이었다.

솔로몬 왕이 있는 궁으로 사람들에게 이끌려 두 여자가 판결을 받으려고, 왕 앞에 엎드려 있었다. 두 여자는 한 아기를 두고 서로 자기가 낳은 자식이라면서 옳은 판결로 아기 어미로 인정해 달라는 청을 해왔고, 두 여자의 사연은 이러했다. 두 여자가 한 집에서 동거하였는데, 이들은 똑같이 아기를 수태하고 출산한 시기도 같은 날이었다. 한 여자는 오전에 아기를 출산하였고, 또 한 여자는 오후에 아기를 출산하였다. 그런데 오전에 출산한 여자가 옆을 보니 자신이 낳은 아기가 죽어있었다. 그 때 나중에 출산한 여자를 보니 잠이 들어 있었고, 여자는 죽은 자신의 아이와 막 태어난 아기와 바꾸어 버렸다. 나중에 출산한 여자가 잠이 깨어 옆을 보니 자신의 아기가 죽어있었다. 그런데 왠지 모르게 자신이 낳은 아기가 아니란 생각이 들었다. 먼저 출산한 여자는 의기양양하여 아기를 품에 안고 있었다. 그 아기를 보니 분명 자신이 낳은 아기란 생각이 들자, 이 여자가 아기를 바꾸었다는 생각이 들었고, 그리하여 두 여자는 살아있는 아기를 두고 자신의 아이라면서 해가 지도록 싸웠다. 이웃이 이 사연을 듣고 진실을 밝히기 위해 이 두 여자를 관아에 신고했던 것이다

소문이 꼬리에 꼬리를 물고 궁에 까지 퍼졌고, 옳은 판결을 받고자 두 여자가 왕 앞에 오게 되었던 것이다. 사연을 들은 솔로몬 왕은 병사에게 그 아기를 데려오게 하였고, 아기를 여자들이 보는 앞에서 공평하게 둘로 칼로 쪼개어 두 여자에게 나눠주라고 지시하였다.

왕은 두 여자에게 판결에 대해서 이의가 있느냐고 물었고 먼저 출산한 여자는 "이의가 없습니다. 차라리 반으로 나누어 갖겠습니다." 하였지만 나중에 출산한 여자는 왕에게 울면서 애원하였다.

"차라리 저 여자에게 아기를 주십시오. 아기를 죽이는 것 보다 제가 아기어미임을 차라리 포기 하겠습니다."

이때 먼저 출산한 여자는 회심의 미소를 지었다. 그러자 왕이 최후의 판결을 내렸다.

"나중에 출산한 여자가 참된 어미이니라. 아기를 살려달라는 그 마음이 진정한 모성이다. 세상에 자기 자식이 어미 앞에서 죽는 것을 바라는 어미가 어디 있느냐?"

그리하여 나중에 출산한 여자에게 아기를 품에 안겨주었다.

이 성서 내용의 교훈은, 본래 내 것이지만 대상을 위해서 오히려 놓아버렸을 때 돌아서 또 다른 형태로 나에게 돌아오는 법임을 상기 시키는 것이다. 욕심을 내어서 부당하게 내 것이라는 개념을 가지면 가질수록 오히려 잃게 돼 있는 것이 삶이 주는 지혜라고 생각한다.

대상이 그 무엇을 바라고 원하는 것을 있는 그대로 받아들이고 다 들어주는 것을 자비라고 합니다.

때문에 지혜로운 이는 자비로써 대상에게 베풀어 훗날 보은의 인연으로서 만나 갚음을 받게 되고, 만족할 줄 알고 지관할 줄 알면 나고 죽음을 벗어나 세상 보는 눈이 새털같이 가벼워지니 들숨과 날숨이 이 몸을 겨우 지탱해주는 것을 생각하면 태어남과 늙음과 병나는 것과 죽는 것, 죄와 복과 인연 이 일곱 가지는 이 세상을 살아가면서 누구나 피해갈 수 없는 것이므로, 사람이 살아가는 데 좋은 이익을 얻으려면 내가 할 수 있는 옳은 길을 생각하고, 좋은 일을 생각하며 스스로 깨달아야 함이 곧 복 짓는 것이다.

중천中天의 방문

　석가모니 부처님 시대에는 외도를 포함한 많은 수행자들이 있었다. 그 당시 육십이 넘도록 수행을 했지만, 자신이 깨우친 것이 없음을 알고 수행자 생활을 끝내기로 마음을 먹고, 고향으로 돌아가 결혼하여 평범하게 사는 사람이 있었다. 자신의 뜻대로 착한 아내를 맞아 결혼 생활은 순탄하였고, 늦은 나이에 자식도 하나 얻었는데, 그 자식이 자라면서 영리하고 똑똑한지라 늘 집안에 웃음이 끊이질 않았고, 그는 이 행복이 오래 지속되리라 믿었다.

　하지만 아이가 대여섯 살 되던 해에 갑자기 병이 나서 어이없게도 죽고 말았다. 갑작스런 불행에 감당하기 힘든 상황에서 아이 아버지가 할 수 있는 건 아무것도 없었고, 사흘 밤낮을 죽은 아이를 안고 울다가 기절하기를 반복하였는데, 사람들이 그를 말려 보았지만 아이의 시체를 안고 장례를 거부했고, 이윽고 시체에서 냄새가 나기 시작하자 주위사람들이 억지로 그에게서 아이 시체를 떼어내 장례를 치뤘다. 장례가 끝난 뒤에도 이 아이의 아버지는 넋을 놓고 울다가 지쳐서 기절하기를 날이 지나도 그칠 줄을 몰랐다. 어느 날, 그는 사는 것이 의미가 없음을 알고 문득 수행자 시절을 생각했다. 그리고는 생각이 스치고 지나가는 느낌대로 무작정 길을 떠났다. 그의 아내가 말릴 겨를도 없이 그는 정처 없이 길을 가다가 낯선 사람을 만나면 자기 하소연을 늘어놓곤 하였다. 그리고 하는 말이,

"혹시 저승길 가는 길을 아시면 저에게 가리켜 주십시오."

하지만 아무도 저승 가는 길을 아는 사람이 없었고, 그래도 그는 포기하지 않고 다른 사람들을 만나려고 무작정 길을 떠났다. 집을 처음 나설 때와는 달리 이 사람 몰골은 말이 아니었고, 마치 산송장 같은 모습으로 피폐해져 있을 때, 작은 암자에서 수도승들을 만났다. 자신의 사연을 얘기 하니 저승 가는 길을 한 수도승이 일러주었다.

가르쳐 준 대로 산을 넘고 물을 넘고 찾아가니 저승에 들어가는 문 입구가 보였다. 저승 문을 지키는 문지기에게 사정사정하여 찾아온 사연을 얘기하니 잠깐만 기다리라고 말하고는 나타나지 않았다. 몇 날 며칠이 흘렀을까. 지쳐서 눈앞이 가물가물한데 문지기가 일어나라고

깨웠다. 문지기를 따라 들어가니 얼마나 따라 갔을까. 한 마을이 나타났다. 자신을 데려온 문지기는 온데간데 없고 저만치서 그토록 그리워하고 잊지 못하던 자신의 아이가 놀고 있는 모습이 보이는 것이 아닌가. 반가운 마음에 뛰어가서 아이를 두 팔로 얼싸안고

"애야, 내가 너를 얼마나 보고싶어 했는지 아느냐? 너도 내가 보고싶었겠지."

울먹이면서 말을 하는 데 갑자기 아이가 그를 밀쳐내더니 말하는 소리가.

"아니, 나를 도대체 왜 찾아온 것이오? 당신과 나는 이미 부모지간의 인연이 끊어졌는데 저승에까지 와서 억지로 인연을 만들 셈이오? 이승에서의 나의 삶은 당신과의 부모 자식간의 인연이 이미 다했고, 여기 저승에서의 나의 부모는 따로 있소. 그러니 제발 돌아가시오."

아이의 말에 순간 너무 놀라고, 애 어른 같은 말솜씨에 그는 어안이 벙벙했다. 그리고 깊은 잠을 잔 듯 충격으로 그 자리에서 쓰러졌는데, 눈을 떠보니 엄청난 큰 바위 앞에서 자신이 누워 있었다. 이 때 수행자 시절에 육십이 넘도록 깨우치지 못했던 것을 이때, 크게 하나 깨달은 것이다. 그는 생각하였다. 그래서 그는 고향으로 돌아가지 않고 수행

32

자로 다시 돌아가 부처님의 제자가 되었던 것이다.

나는 최근 이런 곳이 있다는 것을 경험했기 때문에 세상에서 아무도 가르쳐 주지 않은 것을 지금 내가 말하려고 한다. 나는 우물 같은 커다란 깊고 어두운 굴속을 빨려 들어가듯이 사다리를 타고 끝없이 올라갔다. 다 올라가보니 끝없이 펼쳐진 곧은 길이 나 있었고 길 가장자리엔 빽빽한 수목들이 자라고 있었다. 겨울인 듯 듬성듬성 숲 속의 나무들 위에는 눈들이 쌓여있었고 길가에는 너무나 깨끗해서 먼지하나 보이지 않았다.

나는 그 길을 한 참을 걷고 있었는데, 교통수단은 전혀 보이지 않았다. 계속 길을 가고 있으니 작은 집이 하나 보였다. 누군가가 나를 보고 손짓을 하며 오라고 하여 갔더니 12년 전에 죽은 남편이었다. 나는 속으로 '남편이 죽어서 이런 곳에 살고 있었네.' 라는 생각을 하였고, 이곳에서 어떻게 사는지 궁금하여 남편에게 물었다.

여러 가지 질문을 하였지만 남편은 그저 담담한 표정으로 나를 바라보고만 있었고, 왠지 모를 나와 거리감을 두고 있었다. 그리고 조금 있으려니 한 삼십대 후반으로 보이는 여자 하나가 남편의 옆으로 다가왔다. 그러더니 너 댓살 먹은 남자아이와 여자아이가 마당에서 놀고 있었는데 그 여자와 남편의 자식인 듯하였다. 그제야 모든 의문이 풀리기 시작했고, 내 짐작대로 그 여자는 남편과 결혼하여 저승에서 사는 아내였다. 여자의 생김새는 인도 여자같이 자그마하니 예뻤고, 그 여자는 나를 보더니 어쩔 줄 몰라 당황스러워하는 듯 했다. 그 때 남편하는 말이 "이승에 사는 로사다. 인사해라."

나는 엉겁결에 악수를 여자에게 청했지만, 그녀는 내 시선을 피하여 저만치 떨어져 있는 것이었다. 그러더니 고개를 숙이고 울고 있는 듯 어깨가 들썩이며 구석진 자리에 서있는데, 남편이 다가가더니 그녀를 안아주었다. 내 눈앞에서 그 광경을 보는 난 속이 빈 것 같은 허망함에 잠시 순간적으로 생각에 잠겼다.

'맞다. 여기는 이승이 아니고 저승이지. 여기에선 죽은 사람들만의 세계고 나는 이승 사람이니 빨리 돌아가야겠구나.'

왠지 허탈함과 미묘한 감정을 안고 내가 돌아왔던 길로 다시 끝없이 가고 있었다. 산이 보이고 길이 보이고 얼마쯤 걸었을까. 커다란 둥근 형상의 우물 같은 것이 보였다. 그런데 문제가 생겼다. 올라올 때는 어떻게 쉽게 사다리를 타고 올라왔는데, 이승으로 내려가려니 낭떠러지 같은 기분이 들어 잘못하면 바다 속으로 추락 할 것 같은 생각이 들었다. 어떻게 이 깊은 곳을 내려가지 하고 고민을 하고 있을 때, 없었던 사다리가 하나 내 눈에 띄더니 저 밑 이승에서 저승으로 올라오는 사람이 있었다. 그 사람은 이승에서 죽어서 저승으로 올라오는 모 탤런트였다. 그러니까 그 사다리는 사람이 죽어야만이 저승으로 올라올 수 있는 환상의 사다리였던 것이다. 만일 그 탤런트 영가가 아니었다면, 이때 나는 이승으로 돌아오지 못했을 것이다. 바로 이곳이 저승의 중천이었던 것이다.

눈은 대상을 비출 뿐 보는 진실은 마음이다.

한사람은 진심으로 생각하는데 상대방은 까맣게 잊고 있다면

이 두 사람은 만나도 만난 것이 아니고 보고 있어도 본 것이 아니다.

그러나 서로가 두 마음이 간절하면 이 생에서 저 생에 이르도록

몸에 그림자 따르듯 서로 어긋나지 않을 것이다.

지금 나의 성품에 따라 삶도 죽음도 행복과 불행이 결정되는 원인이리니.

작은 암자에 노스님 한 분이 시자의 시중을 받으면서 수행하는 도중에 데리고 있는 시자가 앞으로 7일 밖에 명이 남지 않았음을 알았다.

스승은 시자를 불러 7일 동안만이라도 속가의 집으로 돌아가서 지내다 오라고 하였다. 영문을 모르는 채 시자는 스승이 시키는 대로 집에 돌아가던 중에 냇가에서 불어난 물살에 많은 개미들이 물을 따라 떠내려가면서 생명이 장차 끊어지려 함을 보았다.

시자가 자비심으로 옷을 벗어 흙을 담아 물길을 막아 개미를 건져 내어 높고 마른 곳에 놓아두고 집에 갔다가 7일 후에 스승의 처소로 돌아왔다.

스승이 시자가 죽지 않고 돌아오자 이상하게 여겨 선정에 들어가서 천안으로 관하여 보니 그가 다른 복이 있어 삶을 연장한 것이 아니고, 집에 돌아가는 길에 개미를 구해준 인연으로 7일이 지난 후에도 수명을 연장할 수 있음을 알았다.

가여이 여기는 마음으로 한 사람에게 보시하면 공덕이 대지와 같고, 자기 자신을 위해 보시하면 자신의 과보가 겨자씨 만하게 작아짐이라.

공존共存

　번잡한 큰 도로를 끼고 있는 가로수 길가에 이면도로의 작은 골목사이로 나지막하게 담 너머로 커다란 라일락 나무가 복잡하게 가지를 드리우고, 정면으로 마주보고 있는 은행나무 한 그루가 서 있다. 나무 옆에 서너 개의 계단을 통하면 단층 집 현관문이 있다. 그리고 현관문 위에는 지붕 밑에 제법 넓은 공간의 처마가 있다. 처마의 그 안에는 언제부터인가 비둘기들이 한 두 마리씩 날아들더니 아예 해가 지면 이 처마 밑으로 날아들었다. 이른 아침에 현관문을 열고 나올 때면 처마에서 떨어진 비둘기 배설물 때문에 계단 물청소를 매일 하는 번거로움에 비둘기들을 다른 곳으로 이동시키려고 여러 가지 방법을 써보았지만, 비둘기들은 숫자만 늘어날 뿐 처마 밑을 떠나질 않았다. 철새가 아니니 쉼 없이 사계절을 그 공간 안에서 자기들만의 보금자리를 만들고, 그 숫자는 날로 늘어갔다. 어느 때 부터인가 비둘기들로 인한 말썽이 나고야 말았다. 평상시에 마주쳐도 인사조차 없었던 길 건너 앞집 부부가 우리 집 대문을 두드렸다. 문을 열었더니 그들이 대뜸 하는 소리가.

 "이집 비둘기들 때문에 우리 집 옥상이 엉망이 됐소. 옥상에 배설하질 않나, 화분에 심어놓은 화초들을 뜯어먹는 일까지 생겼으니 동네 민폐를 끼치는 것은 물론이고 배설물 때문에 병충해도 생길 우려가 있으니 그 비둘기들을 그 처마에서 내쫓으시오."

 앞집 사람이 몹시 흥분하여 눈을 부릅뜨고 당당하게 큰소리를 치면서 말하는 것이었다. 나는 순간 당황했고, 나 역시 마음이 언짢아졌다. 물론 그 사람들의 마음을 이해할 수는 있었지만 느닷없이 찾아와서 오전부터 무례를 범하는 것 같은 생각에 나도 얼굴을 붉혔다. 하지만 내가 따질 상황이 아니었기에 그래서 그 사람 말에 수긍하듯 고개만 끄덕이고, 나는 아무 말도 하지 못했다. 그날 이후 빗자루를 들고 처마 밑을 휘저었는데 비둘기들이 잠시 날아갔다가도 또 다시 날아와 처마 밑에 앉고, 날아가기를 반복하면서 계속 여러 날이 되자 나도 지치게 되었다. 며칠이 지나서 건너 집 사람이 또 찾아왔다. 손에는 부대자루를 들고 와서는 내게 건네주면서,

"이 자루 안에 껍질을 까지 않은 밤송이가 있으니 이걸 비둘기 둥지에 넣어두면 비둘기들이 두 번 다시 밤송이 때문에 둥지 안으로 들어가지 못할 것이니 이 방법을 써봅시다."

이번에는 호의적으로 차분하게 말을 했고, 나도 처음과는 달리 그들에 대한 생각이 누그러졌다. 그리고 그들은 사다리까지 들고 와서 직접 나보고 올라가라고 했다. 나는 그 사람들 보는 앞에서 사다리를 타고 올라가 둥지 안을 살펴보니 그 안에는 비둘기 암컷인지 한 마리가 둥지를 틀고 앉아서 올라온 나를 보고 소리 내어 울기 시작했다. 그리고 내가 밤송이를 둥지 안에 넣기 시작하자 이내 둥지를 떠나 날아갔는데 그 자리를 보니 작은 비둘기 알들이 대 여섯 개 놓여있었다. 나는 그것을 보니 차마 더 이상 밤송이를 넣어놓을 수 없었다. 사다리에서 내려오니 앞집 사람들은 그제야 안심하고 나서 집으로 돌아갔다. 하지만 그 다음 날 어김없이 비둘기는 또다시 돌아왔다. 또 다른 일상이 시작되었지만 여전히 나는 비둘기 배설물을 치우고 어느 날부터 길 건너집 사람들은 나를 보면 눈을 흘기기까지 하였다. 서로가 불편한 관계로까지 번지고 말았고 그러더니 어느 날 아침, 그 집 사람이 옥상에서 우리 집 쪽을 바라보며 흥분한 어조로 나에게 큰소리로 말하는 것이었다.

"비둘기들을 내 쫓든지 그 집 나무들을 베어내든지 하시오. 동네 사람 민폐 끼쳐야 되겠소? 그 비둘기들을 쫓아내지 못하겠다면 내가 하겠소. 두고 보시오."

그리고 결심을 한듯 손가락질까지 했다. 나는 더 이상 다투기 싫어
서 반박을 하지 않았고 집안으로 들어가 버렸다. 그 이튿날 화단 앞에
의자에 앉아 언제나 마찬가지로 커피를 마시며, 나무들을 보고 있었
다. 그 때 갑자기 툭하고 내 발밑에 뭔가 날아와 떨어졌다. 그것은 죽
은 비둘기였고, 잠시 후에 또 한마리가 날아와 떨어졌다. 그 비둘기도
죽었는데, 이미 내장이 썩었는지 구더기가 바글바글했다. 날아온 쪽을
돌아보니 건너집 사람이 옥상에서 나에게 던진 것이었다. 이 때 내가
항의를 했다면 동네방네 큰 싸움이 났겠지만, 나는 참았다. 왜냐하면
나는 그 사람들에게 비둘기를 쫓아내지 못한 죄인의 입장이 되었기 때
문이었다.

그 죽은 비둘기를 화단에 묻어주고 나서 나중에 안 사실이지만 비둘
기를 나에게 던진 사람은 비둘기를 잡기위해 먹이에 농약을 섞어서 옥
상에다가 군데군데 뿌려 놓았고, 그 집 옥상에서 잠시 쉬어가던 비둘
기들이 그 먹이를 먹고 모두 죽은 것이다. 이런 일들이 이후에도 빈번
했지만 비둘기들은 우리 집 처마 밑을 떠나지 않았고, 사계절에 관계
없이 알을 끊임없이 품었다. 비둘기들이 성장하고 나면 다른 곳으로
날아가고 또다시 다른 비둘기들이 오가곤 하였다. 갈수록 비둘기 사건
때문에 길 건너집 사람들과 나는 계속 냉전 상태였고, 길 가다가도 서

로 눈을 마주치지 않는 날의 연속이 계속 이어졌다. 하물며 그 집 사람들과 나는 같은 성당에 다니고 있는 처지였다. 성당에서도 만나면 나를 피하여 다른 사람들에게 나한 대한 말로 수군거리곤 하였다. 그러던 중 꿈을 꾸었는데 사람도 등에 태울만한 커다란 새 한 마리가 우리집 처마 밑을 배회하면서 집 앞 화단으로 날아오는 것이었다, 나는 그 새를 타고 하늘로 날아올랐다. 그 꿈을 꾸고 난 뒤, 얼마 안 있어 내가 이사하는 일이 생기게 되었다.

사람마다 생각의 차이는 다 있다. 희생을 감수하면 나중에 훗날 좋은 결과는 꼭 오고야 만다. 하지만 당장 불편함으로 인하여 손해를 보지 않고 이득을 취하려고 수단과 방법을 가리지 않는다면 반대 현상이 일어날 수도 있다는 생각이 든다. 이런 경우 인간과 동물이 같이 살 수 있는 길을 여는 사람의 지혜가 지금 시대에 필요하리라 본다. 분명 인간의 감성이 중요하다면 동물에게도 생존에 대한 생각은 있는 것이다. 그것이 본능이든 어떤 상황에 처해있든 그냥 인정할 건 인정하고 묵묵히 성장할 시간을 기다려주는 불편도 감수해야 하지 않을까.

세대가 다르고 그들만의 세상이 달라도
서로 마음을 나눌 수 있는 공감대는 있습니다.
그것은 상대방을 생각하는 배려입니다.
이것이 공존의 길로 가는 시작이기도 합니다.

 배고픔을 겪어본 사람이라야 식량의 귀함을 압니다.

목마름을 겪어본 사람이라야 물 한 모금의 귀함을 압니다.

몸이 아파봐야 건강의 고마움을 압니다.

부모님을 잃고 나서야 부모에 대한 그리움과 아쉬움으로 자책합니다.

자식을 가슴에 묻어본 사람이라야 하늘이 무너지는 아픔을 압니다.

이렇듯 매 번 순간 일상에서 우린 이 모든 것을 망각하려 합니다.

인간이 느낄 수 있는 행복은 어디 쯤 일까요?

부족하고, 풍족하다는 것. 어느 것 하나 빼기도 더하기도 없는 것이 사람 사는 이 세상이 아닐까요?

어쩌면 행복과 불행을 보는 시각은 자기 최면일 것입니다.

서리

예전에 농촌에서 어이없는 작은 사건이 있었다. 도시에 사는 한 청년이 친구들과 함께 여름휴가를 어떻게 보낼까 궁리를 하다가 고향 농촌에서 살고 있는 사촌을 찾았다. 이 청년과 친구들은 간만에 어렸을 때 했던 장난기가 발동하여 밤이 되기를 기다렸다. 이들이 모여서 하고자 하는 것은 수박서리였다. 해질 무렵 사촌 집에 모여서 작당한 끝에 수박밭에 가기로 하고 두 사람씩 짝을 지어 편을 가르고 제각기 수박밭에 들어가 수박을 하나씩 들고 약속한 장소에 모여서 서리해온 수박을 나눠 먹었다. 그들은 배가 불러지자 나른해진 몸으로 잠시 쉬며 수다를 떨다가 서너 시간 뒤 금방 배가 꺼지자 이들은 장난기가 또 발동했다.

그리하여 이번에는 닭을 키우는 집에 가서 닭서리를 하려고 마음 먹고 닭 잡는데 경험이 있는 친구가 앞장섰다. 그런데 닭서리하기로 한 집이 다름 아닌 그 앞장 선 친구의 외삼촌 집이었는데, 그 집의 작은 쪽문을 들어서니 그 집 개가 친구의 얼굴을 알아본 터라 짖지도 않았다.

　'이것이 바로 하늘의 도우심이다.'라고 그들은 착각 속에 빠져 닭장 가까이 가서 숨을 죽이며 닭장 안을 살펴보았다, 닭장 안은 닭들이 잠을 자서 조용했는데, 그 안에 사람이 들어가자 인기척에 놀라서 서너 마리 닭이 푸드덕거렸다. 일행은 주인에게 들킬까봐 가슴이 조마조마했는데, 그것도 잠시 뿐, 친구의 재빠른 손놀림에 닭 한마리가 꼼짝없이 친구 품에 안겨졌다, 그리고 또 한 마리를 잡아서 손에 들고 닭장 문을 나가려 할 그 때였다. 방안에서 기침소리가 나더니 누군가 문을 열고 나오는 것이었다. 일행은 놀라서 고개를 숙이고 들킬세라 뿔뿔이 흩어져 제각기 도망가기에 이르렀다.

　그런데 발자국 소리에 놀란 주인이 낌새를 알아차리고 "도둑이야!" 소리치며 따라오는 것이 아닌가. 하지만 닭 주인은 혼자서 한사람 밖에 따라 갈 수밖에 없어서 컴컴한 밤에 누가 누군지 분간하기가 어려웠는데 주인이 도망치는 사람을 따라간다는 것이 하필이면 조카였다. 그러니까 삼촌이 조카를 도둑이야 하면서 따라가는 것이 아닌가. 멀찌

감치 이 광경을 보고 있던 친구들은 어처구니가 없고 기가 막히는 노릇이었다. 그런데 이 때, 흐려진 날씨가 밝아지더니 구름 속에 달빛이 훤하게 나오는 것이 아닌가. 그때가 아마 보름이었을 것이다. 일행이 좀 떨어진 곳에서 보니 삼촌과 조카의 쫓고 쫓기는 곳이 다름 아닌 근처 논두렁과 밭고랑이 있는 곳이었다.

밤이 어두운 탓으로 길을 분간하기 어려웠고 넓은 논밭을 몇 바퀴나 쫓고 쫓기는 상황이 계속 반복되었다. 도망가는 친구는 자꾸 누군가 따라오니까 힐끗 뒤를 돌아보아도 따라오는 사람이 삼촌인 줄 몰랐다. 그의 눈에 비쳐진 건 쫓아오는 사람 손에 들고 있는 칼이었다. 놀란 가슴을 안고 그 달밤에 "사람 살려~"하고 소리 지르며 도망가는 것이 아닌가. 그런데 도망갈 길은 더 이상 없었다. 거기에는 사람이 다니는 길이 아니고 논 사이 길로 도망가고 쫓아가며 그 일대를 계속 돌고 있는 것이다. 그러기를 얼마나 돌고 있는지 멀리서 보는 내내 친구들은 가슴을 졸이며 있으려니 그 친구는 가다가 잠시 넘어져서 잡힐 뻔 했는데 또다시 일어나서 뛰었고, 갑자기 "사람 살려~" 소리침과 동시에 자신의 손바닥을 보면서 아악! 피다 하고 소리 쳤다.

그러면서도 계속 도망가고 쫓아가고 한참을 그렇게 달렸다. 보는 사람도 지치고 그 삼촌이 뛸 때 마다 허연 칼날이 그의 손에서 번쩍거렸다. 친구를 놔두고 의리 없이 도망가는 게 비겁한 것 같아 숨어서 그가 지쳐서 그만두기를 기다렸다. 그리고 다 같이 용서를 빌기로 마음먹고 그 삼촌을 말리려고 용기를 내어 도망가는 친구이름을 불렀다. 그때 불행인지 다행인지 그 삼촌에게 조카가 넘어지는 바람에 붙잡혔다. 붙잡힌 친구는 논두렁에서 넘어진 상태로 "사람 살려! 이 피 좀 봐!" 계속 소리쳤고, 아랑곳하지 않고 삼촌은 손에 든 칼을 저만치 던졌다. 그는 도둑의 멱살을 잡고 보니 이제야 조카란 것을 알고 어이없어 했다.

그 친구들은 너무 죄송스런 마음에 그 삼촌에게 다가가 용서를 청했는데, 어이없게도 삼촌이 들고 있었던 것은 칼이 아니라 하모니카였다. 삼촌이 집에서 나올 때 급한 김에 집은 것이 몽둥이가 아닌 하모니카였던 것이고 그가 뛸 때마다 달빛에 반사되어 칼날같이 보였던 것이다. 그리고 친구가 피라고 소리친 것은 피가 아니고 논두렁의 벌건 진흙이었다, 그 또한 달빛에 보니 끈적끈적 해서 자신이 피를 흘리고 있다고 착각한 것이다.

지금은 농촌에서 서리라는 명분이 없어진지 오래지만 옛날에는 추억거리였다. 풍요롭지 못한 시절에 농촌에 사는 사람이라면 한두 번 정도 겪을 수도 있는 추억이겠지만 지금은 어떠한가? 편리하게 모든 것이 갖추어져 있고 언제든지 필요하면 얻을 수 있는 시대가 되었지만 그 시절만큼 과연 행복한지 생각하게 한다. 왜냐하면 지금 농촌의 현실은 풍요롭지만 사람의 인심이 옛날 같지 않기 때문이다.

벗이란–

잘못이 있음을 보면 서로가 잘못을 고치도록 말함이요,

좋은 일을 보면 같이 기뻐함이요,

괴로운 액난이 있으면 서로가 버리지 아니함이라.

이것이 우정이다.

나는 임을 절실하게 필요로 하고 있는데 임은 내가 필요한 존재인가요?

임의 생각과 마음을 묻고 싶지만 자꾸만 자꾸만 망설입니다.

알고 싶지 않은 부분까지도 알게 될까봐…….

내가 지금 세상에 이렇게 설 수 있는건 님 때문 이었던걸 지금에서야 깨닫습니다.

미래의 내 모습이 너무나 두렵기도 하지만 내 두려움을 잠재울 수 있는건 임 뿐이라는 걸 너무나 잘 알고 있기에…….

내 모든 것을 사르며 임에게 향한 내 마음은 끝없는 불꽃입니다.

그러나 나는 임에게는 꺼지지 않는 빛의 등불이고 싶어요.

과거에도 그랬고 현재에도 그리고 미래에도 말입니다.

화살을 뽑고, 침묵을 깨리라
전생 업^{前生 業}

홀어머니와 함께 살아가는 술바가라는 어부 청년이 있었다. 청년이 어부 일을 마치고 저녁무렵 집으로 돌아가던 중에 궁궐 앞을 지나게 되었다. 무심코 궁궐 꼭대기에서 비치는 불빛에 고개를 돌렸는데 높은 위층에 창문이 열려 있음을 보게 되었다. 마침 왕의 딸인 공주가 창문 밖을 내다보다가 청년과 눈이 마주쳤다. 순간 청년은 아름다운 자태인 공주를 보고 넋이 나간 듯 한참을 그 자리에 서 있었다. 이후로 청년은 공주를 생각하며 근심을 하곤 했는데 도무지 일이 손에 잡히지 않았다. 날이 지나자 그 증세는 심해져서 상사병이 되어 자리에 드러누웠다. 이를 딱히 여긴 어미가 청년에게 연유를 물어보자 청년은 자신만 바라보고 살아온 어미에게 실망을 안겨 줄 것 같아 말을 못하고 끙끙

앓기만 하였다. 어미는 약을 써보았지만 백약이 무효라 이러다 아들이 죽겠다 싶어 그를 재촉하여 이유를 다시 물었다. 그때서야 청년은 어미에게 모든 것을 고백하였다.

"제가 궁궐 앞을 지나다가 공주님을 보고 반하여 잊을 수가 없습니다. 아무리 지우려고 해도 지워지지가 않습니다. 공주님을 한 번만 만나 볼 수 있다면 여한이 없겠습니다."

그러자 어미가 한숨을 푹 쉬면서 아들에게 말했다.

"어쩌다가 네가 마음을 공주에게 향하여 병이 나느냐? 그래도 이건 안 된다. 공주와 너는 신분부터가 다르지 않느냐? 그게 가능할 것이라 믿느냐? 이런 사실이 왕의 귀에 들어가면 너와 나는 죽은 목숨이다. 그러니 단념해라. 사람은 제 분수대로 살아야 한다. 언감생심 욕심을 내다간 화를 면치 못한다는 것을 왜 모르느냐?"

그렇게 말하는 어미의 심정은 이루어 말할 수 없이 괴로웠다. 하지만 날이 갈수록 아들은 자꾸만 잠꼬대와 헛소리로 밤을 보냈다. 보다 못한 어미가 아들을 위하여 묘안을 생각해 냈는데 그것은 왕궁 안에 들어가 가장 좋은 생선을 공주가 먹는 식탁 위에 배달하는 일이었다. 몇 번을 이런 일이 반복 되었고 그 어미는 생선 값을 받지 않았다. 이를 이상히 여긴 공주가 어느 날 이 어미를 불러서 생선 값을 받지 않은 이유를 물었다.

"그대는 어찌하여 돈을 받지 않는가? 저렇게 큰 생선 정도면 값이 좋게 나갈 터인데 나한테 무슨 부탁이라도 있는가? 말해보게."

그러자 어미가 말했다.

"원하옵건대 좌우 공주 곁에 있는 시녀들을 잠시 멀찌감치 물리쳐 주십시오. 그런 다음 공주님께 제 사정을 말씀드리겠습니다."

그래서 공주가 시녀들을 멀리 물리고 나서,

"자, 이제 말해보게."

그러자 그 어미는.

"공주님, 부디 노여워하지 마십시오. 저에게 외아들이 있습니다. 어느 날 공주님을 멀리서 보고 공경하고 사모하는 마음이 생겨 그것이 상사병이 되어 아들이 병석에 드러누웠습니다. 백약이 무효인지라 이대로 가다간 목숨이 위태롭습니다. 그래서 비천한 제가 이렇게 공주님을 뵈려고 왕궁에 들어왔던 것입니다. 제발 불쌍히 여기시어 하나 밖에 없는 아들 목숨을 살려주십시오."

사연을 들은 공주는 잠시 생각에 잠겼고, 이내 그 어미에게 말했다.

"당신 아들에게 말을 전하시오. 이 달 15일 밤, 하늘 신을 모신 사당 안에서 만나자고 하시오. 내가 그날 사당 안으로 들어갈 터이니 아무도 모르게 하늘 신상 뒤에 있으라 하시오."

공주가 이렇게 말하자 어미가 집으로 돌아와서 아들에게 공주의 말을 전하였다. 그 달 15일이 되자 청년은 목욕하고 새 옷으로 갈아입고 사당으로 향했다. 그리고는 아무도 몰래 공주가 말한 대로 신상 뒤에 숨어있었다. 이때에 왕궁에서 공주가 왕 앞에 나아가 아뢰었다.

"아버님, 제 신상에 불길한 기운이 있습니다. 이 불길한 기운을 없애고 복을 기원했으면 좋겠습니다. 그러니 하늘 신을 모신 사당에서 오늘 기도하고자 합니다."

그러자 왕이 말했다.

"네 뜻을 알았으니 그리 하여라. 하지만 혼자서는 위험하니 신하들과 근위병들을 함께 가거라."

그리고 왕은 오백수레를 장식하여 출발시켜 하늘 신을 모신 사당까지 공주를 보필하게 하였다. 사당에 도착해서 공주는 저만치 하인들을 물리고 나서 사당근처에는 얼씬하지 못하게 하고 나서야 공주 혼자 하늘 신을 모신 사당으로 들어갔다. 향로에 불을 붙여 향을 피웠는데 이때 사당을 지키는 하늘 천신이 이 광경을 보고 고개를 좌우로 흔들며 어떤 결심을 하게 되었다.

　"공주와 이 청년은 반드시 만날 인연이 아니로다."

　천신은 공주 마음속에 들어가 공주가 마음을 바꾸도록 하였다. 그리고 즉시 신상 뒤에 숨어있는 술바가를 가위에 눌리게 하여 잠이 들어 깨어나지 못하게 했다. 그녀가 기도를 마치고 신상 뒤로 가서 술바가를 깨웠지만 도무지 일어나지를 못했다. 그러자 공주는 십만 냥 어치의 금을 청년 앞에 남기고 사당을 나와 궁으로 돌아갔다. 공주가 가고 난 뒤 이튿날 술바가가 잠에서 깨어나 보니 공주가 왔다간 흔적을 확인하고, 하루가 지났음을 그때 알게 되었다. 청년의 진심은 원하는 바가 재물이 아니라 공주가 자신의 마음을 알아주는 것과 공주의 사랑을 얻기 위함이었는지라 마음대로 안됐음을 알고 근심과 한탄하며 괴로워하였다. 또 공주에 대한 집착으로 흑심을 품게 되었고, 마음을 다스리지 못해 청년 자신의 몸 안에서 불이 발화하여 스스로 그 자리에서 불타 죽었다. 이것을 천묘분신(天卯焚身)이라 한다. 하늘이 허락지 않은 인연은 아무리 가까이 있어도 뜻대로 이루어지지 않는 것이다. 술바가는 스스로의 자신을 무너뜨림이니 그것이 스스로의 악업으로만 남을 뿐인 연고이다.

석가모니 부처님께서 500생을 태어나셨다 하는데 그 전생 기억을 다 하셨다 한다. 하지만 평범한 사람이 생각할 수 있는 것은 한치 앞을 내다볼 수 없는 처지인 것을 보면 전생의 기억은 알 수 없는게 일반적이다. 간혹 특별한 어떤 사건의 계기로 인하여 한 두 생쯤은 전생의 기억을 하는 이들도 있다. 그 예로 오랜 세월 동안 수행을 하다보면 자신에 대한 전생 기억과 다른 사람의 전생 기억까지도 초자연적인 현상으로 보일 때가 있는 것이다.

지금 환생에 대한 것을 말하려고 한다.
때는 1905년도 우리나라에 풍수원 성당이 지어진 시기였다. 고즈넉한 평평한 지대에 마을이 보이고 기와집이 즐비한 동네였다. 그 지역은 꽤 넓어보였는데 중산층 가정에 속해있는 한 가족을 중심으로 30대 초반의 젊은 부인이 어린 남자아이와 어린 여자아이 두 남매를 두고 있었는데 사는 것은 넉넉하게 보였고, 가풍을 운운하는 어른들을 중심으로 지극히 겉으로는 평범하게 보이는 전형적인 가정이었다. 그러나 그녀에게는 보이지 않는 근심거리가 하나 있었는데, 수년 전 특별한 이유 없이 말없이 집을 나가 돌아오지 않고 있는 남편 때문에 근심에 찬 하루하루를 보내고 있었다. 이런 일들이 살아오면서 한 번이 아니라 여러 번이었기 때문에 집안 어른들은 제사 때, 모이면 언제나 대화는 집나간 남편이고 습관처럼 건성으로 그녀에게 물었다.

"네 남편은 아직도 소식이 없느냐? 아무래도 역마살이 끼었는지 한 두 번도 아니고 어찌 할꼬? 네가 마음고생이 이만 저만 아니겠구나."

그리고 그녀의 얼굴 표정을 살피는 듯 싶더니 이내 다른 화젯거리로 돌렸다. 이런 말을 들을 때 마다 그녀는 마음에 상처가 되었고, 속이 타들어 갈 때마다 아이들을 보며 마음을 잡았다. 그녀는 중매로 집안 어른들끼리 합의하여 이루어진 결혼이었기에 결혼식 할 때까지 신랑의 얼굴조차 보지 못했다. 여느 댁 처녀처럼 공손히 부모님 말에 따라 갈 수밖에 없는 환경이었다. 그러기에 집안만 보고 결혼 했던 처지라 남편에 대한 정보를 하나도 듣지도 알지도 못했던 것이다.

결혼 초부터 방랑기가 있는 남편은 집에 있는 것을 갑갑해 하였고 무슨 일인지 밖으로만 나돌았다. 비슷한 생각을 갖고 어울리던 친구가 몇 명 있었지만, 남편만큼 심하지는 않았다. 게다가 그녀가 집안어른들에게 섭섭했던 것은 어쩌다가 밥상을 차리다가 문득, 남편 생각이 나서 원망과 함께 눈물을 쏟는 일도 있었다. 그럴 때마다 시부모님은 눈치를 채고 그녀를 위로한다고 하는 말이,

"이웃에 사는 ○○는 노름하느라 가산을 탕진하고 알거지가 되었
더라. 그 집 아들이 노름빚에 전답을 다 잡혀먹고 늙은 부모가 길거리
에 나 앉았다는데, 그래도 우리 아들은 노름만큼은 하지 않고 집안 재
산을 축내는 일도 없으니 다행 아니냐. 네가 마음을 굳게 먹고 남편이
돌아오면 밖으로 돌지 않도록 애써보렴. 남편이 밖으로 도는 것은 집
안 안사람에게도 책임이 있느니라."

이런 말을 들을 때 마다 그녀는 답답한 가슴을 억눌려야 했고 하루
하루 가는 세월이 어떨 때는 지옥이 이보다 더 심할까하는 생각까지도
하였다. 어느 늦가을, 큰 아이가 홍역을 치르는 일이 있었다. 어른들은
근심하여 한약을 지어 와서 그녀에게 정성껏 달여서 아이에게 먹이라
고 했지만 그녀는 아이가 잘못될까 싶어 속이 상했고 아이가 만약 잘
못되면 자신도 아이 따라 죽으리라 마음까지 먹었다. 날이 가자 아이
는 호전 되었고, 전처럼 건강하게 되었다. 그렇게 또 한 철이 지나갔
고, 봄이 오는 듯하였다. 하지만 그녀는 그때까지도 소식이 없는 남편
을 그리워하며 담 너머 길가에 피어있는 벚꽃을 바라보고 있었다. 이
때, 마루에서 시부모님이 그녀를 불렀고, 그녀는 시부모님이 계신 방
으로 들어갔다.

"부르셨습니까?"

그러자 그녀의 얼굴을 살피던 시부모가 앉으라고 하더니 문갑에서 무언가를 꺼냈다. 그것은 어떤 계약서였고, 그녀의 손에 쥐어주면서 말했다.

"몇 년 전에 내가 저잣거리에 나갔다가 상점을 하나 보아 두었다. 얼마전에 그 상점 주인이 급히 돈을 마련해야 하는 일이 있다고 해서 내가 그 가게를 인수 하였다. 포목점인데 네가 집에만 있지 말고 나가서 장사를 해보면 어떻겠느냐? 아이들은 낮에 우리 내외가 있으니 걱정하지 말고 한 번 장사를 해보아라."

그녀는 사실 놀랐다. 그녀가 알고 있는 시부모님은 너무 고지식하여 그녀의 마음을 알아주지 않는다고 생각했는데, 그렇지 않다는 것을 새삼 깨닫게 되었기 때문이다. 시부모님 따라서 가게를 가 본 그녀는 그 포목점이 크진 않았지만 너무나 마음에 들었다.

이날부터 그녀는 열심히 장사를 했고 단골손님도 제법 확보해나갔다. 그녀의 장사 수완에 이웃에서 다른 상점 주인들이 처음에는 그녀가 너무 젊다는 이유로 시기심어린 눈길도 있었지만 인사성 밝고 끼니 때는 시장 통에서 몇 개의 떡이라도 사서 근처 사람들에게 인심도 쓰는 배려심에 서서히 마음을 열기 시작했다. 가게는 점점 자리를 굳혀 나갔고, 매상도 제법 쏠쏠하여 저녁에 집으로 돌아갈 때는 시부모님이 좋아하는 엿이라도 사들고 갈 수 있는 여유까지 생기게 되었다. 차츰 시부모님의 그녀를 향한 칭찬이 잦아지자 그녀는 또 다른 행복을 느끼게 되었고, 남편에 대한 원망도 조금씩 사라져 감을 느끼게 되었다. 그녀가 마음 한 구석을 비우니 그녀 자신이 홀가분해졌고 이제 그녀 앞에는 언젠가는 집으로 돌아올 남편을 붙잡고 같이 포목점을 운영하는 꿈에 부풀었다.

그러던 중 그녀의 가게에서 마주 보고 있는 작은 가게 터에 그녀를 그 전부터 유심히 바라보던 한 남자가 있었다. 그 남자는 소규모 업을 하는 사람이었는데 가끔씩 포목점에 와서는 다른 손님들하고 이런저런 얘기를 하고 돌아가곤 하였다. 올 때마다 그녀 옆에 먹을 것을 봉지에 싼 채로 슬며시 놓고 가곤 하였는데, 처음에는 그녀가 그를 경계하는 것을 알고 거리를 두고 말도 잘 하지 않았다. 어느 날 가게 내부에 고장 난 물건이 있어 버리려고 했는데 그 때 마침, 그가 와서 고쳐주었다. 그 계기로 그녀는 그에 대한 경계를 풀었고, 그렇게 몇 개월이 또 지나갔다.

비가 몹시 내리는 여름철이었다. 갑작스런 비에 집에 있는 아이들이 걱정이 되었고, 일찍 가게 문을 닫고 집을 향하여 종종 걸음으로 뛰어갔다. 집에 돌아와 보니 아이들은 곤히 자고 있었고 안방에 불이 훤히 켜져 있었다. 이상하여 문을 여니 세상에 남편이라는 작자가 집에 돌아와 있었다. 집을 나간 지 수년이 되어서 돌아온 것이었다. 그는 훌쩍 커버린 아이들 자는 모습을 곁에서 바라보고 있었다. 그녀는 남편이 반가운 마음보다 그저 담담하게 생각하는 그런 자신에 놀랐다. 남편이 없을 때는 그리웠다가 때로는 원망스럽더니 그런 마음조차 사라진 듯했다. 너무 떨어져 있었던 탓인가하는 생각을 하기도 했다. 이때, 시부모가 방문 밖에서 불렀다. 그러더니

"어미야, 저녁 걱정하지 말고 그냥 자거라. 내가 초저녁에 네 남편과 함께 밥을 먹었으니 배고프면 부엌에 네 밥을 부뚜막에 차려놨으니 먹도록 해라."

그리곤 이내 시부모님의 방에 불이 꺼졌다. 순간 시부모님의 뜻을 알고 남편에게 따지지도 아무 말도 하지 않았다. 할 말은 많았지만 몇 날 며칠이 걸려도 못할 것 같았다. 며칠 동안 몸살기 때문에 그녀는 포목점에 나가지 않았다. 여전히 남편은 종일 시부모님 방에서 장기를 두고 있었고, 아무렇지도 않은 듯 시부모님은 아들을 받아주었다. 그런 남편을 보고 그녀도 아무렇지 않은 듯이 대했다. 그나마 아이들이 다리를 놓아주는 듯 재롱에 웃는 여유까지 생기게 되었다.

며칠이 지나 시장 통에서 장사를 하는 그 남자가 느닷없이 집으로 찾아왔다. 그 남자의 집은 그녀가 사는 집에서 근처에 있었는데, 홀어머

니를 모시고 사는 사람이었다. 늦게까지 장가를 안간 노총각이었는데 나중에 안 사실이지만 그 남자는 그녀에게 마음을 두고 있었고, 그도 처음엔 그런 마음이 없었는데 어느 샌가 그녀에게 연민을 느끼게 되었고, 젊은 여자가 아이 둘을 데리고 어른들과 같이 사는 모습을 보고 무엇이든 그녀를 도와주고 싶었던 것이다. 하지만 뒤늦게 남편이 돌아온 것을 보고 심한 질투심이 생겼다. 이웃 사람들에게 그녀의 남편이 집으로 돌아왔다는 소식을 듣고 이제는 그녀에게 더 이상 가까이 다가갈 수 없다는 것에 실망하여 고통스러웠던 것이다. 그녀를 향한 마음이 집착으로까지 발전된 자신을 발견했고, 어찌할 바를 몰랐다. 그리고 그 남자의 마음속엔 이미 결정하듯 자기 자신을 겉으론 표현하지 않고 속으로 묘한 그 남편에 대한 앙심을 품었다. 그리고는 다짐한 것이다.

'이왕 내 것이 아닐 바에야 기어코 내가 하룻밤이라도 그녀를 품어야 내 분이 풀리겠다. 두고 보자.'

그는 포목점에 그녀가 다시 나오자 틈만 나면 그녀를 따라다녔고 그 다음날도 계속 그녀를 감시 하듯 시선을 떼지 않았다. 그녀는 그의 이상한 행동에 낌새를 알아차리게 되었고, 그가 갑자기 두려워지기 시작하면서 조심하며 집과 가게를 오고 갔지만 남편에겐 말을 하지 못했다. 왜냐하면 남편에게 말을 해봤자 평상시에 어떻게 행동했으면 그러겠느냐는 생각을 할 것 같았다. 그녀가 집에 있는 시간이면 밤에는 그녀의 집 창문 밖에서 우리 집 쪽을 바라보곤 하였다. 그의 어머니가 이를 눈치를 채고 아들을 말렸으나 듣지 않았다. 변해버린 아들의 모습에 그 어미는 몹시 슬퍼하였고, 장가를 들이려 신부감을 데려오기도 했지만 그 때마다 여자들을 욕을 하며 돌려보냈다. 계속되는 시달림으로 그녀는 몹시 괴로워했는데 어느 날, 친정으로 가야하는 일이 생겼다. 친정집은 풍수원 성당 근처에 있었고, 친정집에 거의 다다랐을 때 누군가가 쫓아오는 느낌을 받고 뒤를 돌아보니 그 남자였다. 시댁에서부터 계속 따라왔던 것이다. 그녀는 무서워지기 시작하였고, 해가 어둑해질 무렵이었기에 도움을 청할 만한 곳을 찾아봤지만, 아는 사람도 없었고 그녀 눈앞에는 지은 지 얼마 되지 않은 성당이 보였다. 친정집에 가려면 아직은 길을 한참 걸어야 했기에 어디든지 그가 보지 않게 몸을 숨겨야만 하였다. 그녀는 급히 성당으로 향했다. 성당 안에는 불이 켜져 있었고 신자인 듯 사람들이 제법 앉아 있었다. 안으로 살며시 들어가서 사람들에게 도움을 청하려 했지만 성당안 분위기가 미사를 시작하는 시간이었기에 잠시 앉았다가 몸을 숨길 곳을 찾았다. 한 쪽을 보니 성당에서 제일 구석진 자리가 눈에 띄었고 그 틈에 몸을 숨겼다. 그 남자가 성당 안까지 따라 들어왔지만 그녀를 찾진 못했다. 성당 안의 작은 여자아이 하나가 그녀를 발견하고는 눈치 없이 그녀에게 말을 시키려 했지만 말도 하지 못하고 몸을 숨겨야 했다. 그러기를 얼마쯤 지났을까 어떻게 된건지 그녀는 이 시기에 죽었던 것이다. 여기서 필름이 끊겨 버렸다.

1959년, 그녀는 세상에 다시 환생했다. 그리고 1984년도에 그녀는 중매로 결혼하였다. 그의 직업은 악기점을 운영하면서 음악을 하는 그룹의 리더로 활동하고 있었다. 하지만 결혼 초기부터 그녀의 결혼 생활은 순탄하지 않았다. 끊임없는 이성간의 관계가 복잡했고, 낮이나 밤이나 음악을 같이하는 친구들이 느닷없이 집으로 예고 없이 찾아올 때에는 난감한 일이 아닐 수 없었다. 그녀는 어렸을 때부터 전형적인 군 출신의 아버지 밑에서 엄격하게 성장했던 터라 그의 개방적인 생활관은 항상 그녀와 부딪혔다. 밤낮이 없는 그의 음악생활은 그녀를 지치게 했고, 더 이상 평범한 일상을 바랄 수가 없었다. 그리하여 그녀가 결심한 것이 두 가지였다.

하나는 이대로는 결혼생활을 유지하기 힘들다는 것이고, 또 하나는 그가 음악을 접고, 그녀가 원하는 대로 따르겠다는 다짐을 받는 것이었다. 오랜 음악 생활이었지만 빛을 보지 못하자 그도 지쳤는지 그녀의 제의에 응했고, 그녀의 말에 순순히 따라주었다. 갑작스런 그의 변화에 집안 어른들은 걱정하면서도 그녀의 설득에 오히려 보탬이 되라며 얼마간의 자금까지 내주셨다. 그래서 시작한 것이 음식점이었고, 생각보다 영업은 의외로 잘되어 나갔다.

하지만 살면서 조용한 듯싶으면 일이 터지곤 하였다. 그런 세월을 그녀의 곁에서 끊임없이 격려해주는 시부모가 있었기 때문에 견뎌내는 것이 가능했는데 시아버지가 돌아가시고 나서부터 그는 변하고 있었다. 그녀는 자신이 알고 있던 사람이 맞나 싶을 정도로 그는 그녀가 상상하지 못했던 길로 가고 있었다. 그가 그렇게 변했던 것은 직장을 다니기 시작하면서 부터였다. 영업직이었는데, 나중에 알게 된 사실이지만 결혼초기에 이성문제로 골치를 썩었던 그 일이 다시 발생했던 것이다. 그의 습관이 고쳐진 것이 아니라 그동안의 세월이 그의 마음속에 잠재해 있었던 것이다. 그리고 일은 터지고 말았다.

1996년이었다. 그녀는 그때 하고 있던 식당업을 정리하고, 이사를 했고, 다른 업종으로 바꾸었는데 그가 그녀가 퇴근 할 무렵 가게에 들렀다. 그리고 차에 태우고 집으로 가는 줄 알았는데, 전혀 다른 방향이었다. 하지만 그녀는 그에게 어디로 가는지 묻지 않았다. 왜냐하면 이때, 이미 부부지간의 대화는 끊긴지 오래되었고, 부부의 관계는 서먹서먹해졌던 것이다. 그는 바닷가 근처의 호텔 앞에서 내렸다. 그리고 차를 주차하고 나서 의아해 하는 그녀의 표정을 무시하듯 반 강제로 호텔 방으로 데리고 들어갔다. 그가 호텔 방안에 있는 냉장고를 열더니 병맥주 서너 병을 꺼내어 마셨고, 그런 모습을 보는 그녀는 한 숨만 나왔는데, 그 순간 까지도 그가 뭔가를 결심하여 그녀에게 고백하려는 것이 아닌가 하는 생각을 하였다.

그런데 고백하기는커녕 갑자기 그녀의 머리채를 잡더니 때리기 시작했다. 속수무책으로 영문도 모른 채 맞고 있었고, 얼마나 많이 맞았는지 견디지 못하여 호텔방 창문을 열고 뛰어내리고 싶을 정도였다. 하지만 그녀가 밖을 내다 봤을 땐 5층이었고, 뛰어내리려는 순간 그가 하는 말을 들었다. 마치 기다렸다는 듯이,

"용기 있으면 뛰어내려봐라."

순간 그녀는 잠시 아이들 얼굴이 스쳤고, 이를 악물기 시작했다. 그리고 옷매무새를 추스르면서 어쨌든 이 방에서 도망쳐야겠다고 생각했다. 그가 술을 컵에 따르는 순간 그녀는 그때, 호텔 방문을 열고 복도로 뛰쳐나왔다. 그리고 엘리베이터로 향했는데 그 문은 열리지 않았고, 비상계단을 찾으려 했다. 그때, 그가 뒤 쫓아와서 잡히고 말았는데 입고 있던 그녀의 옷을 찢어버렸고 그녀는 속옷 바람으로 벌벌 떨어야 했다. 벌고 떨고 있는 그녀에게 그는 머리채를 잡고 가지 않겠다는 그녀의 말에도 질질 끌고 방으로 들어가 또 때리기 시작했다. 그 방에 있는 거울을 본 순간 그녀 얼굴은 부어서 엉망이 되어 있었고, 입술도 터져서 피가 범벅이 되어 속옷을 다 물들이고 있었다. 그 와중에도 그녀는 침착해야한다는 생각을 하였고 그에게 때리는 이유가 무엇이냐고 물었다. 그러자 그가 하는 말이,

"네 명의로 되어있는 지금 살고 있는 집을 내 이름으로 옮겨라."

그러는 것이었다. 그녀는 어이가 없었고, 그에게 말했다.

"고작 그것 때문에 사전에 말도 없이 일방적으로 이렇게 사람을 패는 겁니까? 또 다른 이유가 있는 것 같은데….."

그녀는 이미 짐작한 바가 있었기 때문이었다. 그는 오래전부터 그녀와 헤어지기로 마음을 먹었던 것이다. 그녀는 그에게 말했다.

"등기 이전 해줄 테니 집으로 일단 가요."

그때서야 호텔에서 나와 그는 주차장으로 향했고, 그녀는 따로 택시를 타고 집으로 가려다 공연히 그를 더 자극시킬 것 같아 그의 차를 같이 탔다. 집으로 돌아온 그녀는 엉망이 된 얼굴을 아이들에게 보일 수 없어서 들어가기 싫은 안방으로 들어가 대충 약을 바르고 침대에 누워 있었다. 그런데 잠시 후 건너 방에서 시어머니와 그가 말하는 소리를 듣게 되었다. 그는 무엇이 그렇게 당당한지 밖에서 불미스러운 일이 있어 그녀를 손찌검 했다면서 시어머니께 말을 하였고, 시어머니는 놀라는 듯 했다. 하지만 시어머니는 이내 이렇게 말하는 것이었다.

"너는 사람을 그렇게 패면 어떻게 하냐? 내일 아침부터 나보고 밥을 하란 말이냐?"

그 말에 그는 아무 응대도 하지 않았고, 말없이 밖으로 나가버렸다. 그리고 그날 그는 집에 들어오지 않았다. 그리고 그런 불안한 분위기 속에서 한 달 쯤 지났을까. 또다시 그가 그녀가 있는 가게로 퇴근 무렵 찾아왔다. 그리고 잠깐 어디 들릴 때가 있다면서 그녀를 차에 태웠고, 이번에도 그녀는 행선지를 묻지 않았다. 한참을 차로 두 시간쯤 달렸을까. 도착한 곳은 그녀가 알 수 없는 처음 와보는 곳이었다. 음식점이었는데 제법 운치가 있어 보이는 배경에 자리를 잡고 있었고, 조용한 자리를 손님이 찾으면 안내해주는 방도 여러 개 있었다. 그는 조용한 방을 달라고 하였고, 직원을 따라 들어간 방에는 긴 탁자와 방석이 두 개 놓여 있었다. 그가 간단한 음식과 술을 시켰다. 병맥주를 시켰는데 음식은 입에 안대고 술만 자꾸 마셨다. 갑자기 그녀가 또다시 불안해지기 시작했고, 그의 눈치를 보기 시작했고, 불안감은 현실이 되고 말았다. 그가 말했다.

　　"내일 내가 서류를 준비할 테니 이혼장에 도장 찍어라."

　그리고 그는 그녀를 빤히 뚫어져라 쳐다보았다. 그의 눈을 본 그녀는 순간 벌겋게 충혈된 눈을 보고 소름이 돋았다. 그녀가 아무런 대답이 없자 갑자기 그가 잠시 자리에서 일어나는 것 같더니 옆에 있던 맥주병으로 그녀의 등을 내리쳤다. 순간 그녀는 신발도 신지 않은 채 무의식적으로 그 음식점에서 도망쳐 나왔다. 한 참을 내달리다가 마침 지나가는 택시를 세워 그 차를 타고 그녀는 잠시 차안에서 생각했다. 이대로 집에 가면 아이들 때문에 안 될 것 같았고 이런 모습을 그 누구에게도 보이고 싶지 않아 생각해낸 것이 그녀의 가게였다. 가게로 도착하니 가게 직원들이 그녀의 등에서 피가 흐른다면서 소리쳤다. 그녀는 그때서야 정신이 없어서 등이 아픈 줄도 몰랐던 것이었다. 그녀의 등을 직원하나가 상태를 보고는 울상이 되어 소리를 질렀다.

"병원에 빨리 가셔야 돼요. 유리 파편이 등에 박혀서 피가 흐르고 있어요."

그 말을 듣는 순간 그녀는 그때서야 심한 통증이 느껴졌다. 병원까지 따라가겠다던 직원을 만류하고 그녀는 택시를 타고 그녀가 평상시에 잘 알고 있던 후배가 근무하는 병원으로 갔다. 마침 야간 진료 팀이라 후배는 그녀의 상태를 보더니 아연실색하였다. 그리고 수술실에서 의사 세 명이서 그녀의 등에 박힌 맥주병 파편을 핀셋으로 뽑아내는 데 상당한 시간이 걸렸다. 후배는 대충 사정을 듣고 난 뒤에 흥분하였다. 그녀가 치료를 다한 뒤에 그녀 등판을 찍은 사진을 보았다. 마치 스시 칼로 마구 회쳐 놓은 듯 등이 엉망이었다. 그녀는 훗날 이 상처가 후유증으로 흉터로 남는다면 어떡해야 하는 두려움도 컸다. 하지만 집안사람들에게 말을 일절 하지 않았다. 그런 일이 있고 난 이후 집안에서 그녀와 얼굴이 마주 칠 때면 그는 피했고, 아무 말도 하지 않았다.

이혼 서류를 갖고 오겠다던 그는 그 뒤에 아무런 준비도 하지 않았고, 평상시처럼 출근을 하는 것이었다.

이때, 그녀는 또 언젠가는 터질지 모르는 불안감으로 가끔씩 들리던 사찰을 찾았다. 주지 스님께 그간에 있었던 그가 한 행동을 일일이 말씀 드렸고 주지 스님은 잠시 눈을 감고 선정에 들더니 법당에 있던 그녀를 불렀다. 그리고 지금 처해 있는 일들이 그녀의 전생과 연관되어 있음을 말씀해주셨다. 그러고 나서 하시는 말씀이 또 있었다.

"전생 업이 너무 두터워 그가 이생에 부부인연으로 묶어 너를 괴롭히는 구나. 네가 여기까지 잘 참고 왔으니 길게 가진 않을 것이다. 쯧쯧."

이 말을 듣고 그녀는 절에서 나온 후, 해가 뜨기도 전인 어둑어둑한 새벽길을 내려오고 있었다. 그때, 그녀의 귀에 나지막하게 들려오는 소리가 있었다. 그것은 가슴깊이 누군가가 그녀에게 알려주는 것이었다. 그 목소리는 두 딸들의 목소리였다. 아이들이 하는 말이,

"아빠, 사랑해요."

그녀는 작은 놀라움과 함께 순간,

'아, 부부인연은 이미 끝나가는 상태지만 아이들에게는 아직 아빠이구나. 그럼 나는 이제 어떻게 해야 하는 거지?'

이때, 또 다른 목소리가 들려왔다.

"그는 걸어 다니는 시체다. 걸어 다니는 시체다."

두 번의 울림이었다. 이 말을 듣는 순간 그에게 어두운 그림자가 따라다니는 것이 느껴졌다. 그리고 몇 개월 후 남편이 몸이 아파서 병원에 검사를 받은 결과 암이라는 진단을 받았다. 그리고 병원에 입원하는 상황이 오게 되었고, 끝끝내 회복되지 못하고 생을 마감했다. 그리고 남은 가족들에게 그가 생전에 어디에 썼는지 출처를 모르는 그런 빚을 지고 있었던 탓에 죽고 난 뒤에도 그녀가 모든 재산을 정리해 수습해야만 했고, 해결하고 나니 아무것도 수중에 남지 않았다.

그녀는 그렇게 1999년에 남편과 사별하고, 그 이듬해에 우연히 한 사람을 만나게 되었다. 일적인 만남이었고, 그녀가 가산을 다 정리하고 이사를 하면서 그 후 10년의 세월동안 그를 만나지 못했다. 하지만 그녀는 10년 동안 한번도 그를 잊지 않았고 그녀가 재일 때 공을 들이고 있을 때 마다 그를 위해 축원을 한 번도 빠지지 않고 불전에 올려주었다. 언젠가 그녀의 꿈에 그녀의 외할머니와 그의 친할머니가 저승에서 같이 계시는 것을 보았다. 그리고 10년 후 그녀가 우연한 일로 연락을 하게 되었다. 어느 날, 그는 그녀가 있는 곳으로 찾아왔었다. 그녀는 그를 본 순간 몹시 당황했고, 어찌 할 줄을 몰랐다. 만나지 못한 세월만큼 어떤 말을 해야 할지 몰라서 애써 태연한 척 하려고 무던히 노력하였다. 그날 이후, 그녀는 일상생활을 하면서 어느 날부터인가 자꾸만 그가 뇌리를 스쳤다. 그녀는 자신의 내부에서 뭔가가 일어나는 것을 스스로 감지했고, 그 이유를 알고자 불전에 계속해서 공을 들이기 시작하였고, 2010년의 이른 새벽에 그녀는 자신의 전생을 보게 되면서 그가 바로 앞 전생에서의 그녀의 남편이었음을 알게 되었다. 한참 시간이 흐른 뒤에 그녀는 조심스럽게 그에게 전생의 인연이었음을 알려주었고, 그의 눈치를 살폈는데, 오히려 그녀가 마음을 다칠새라 조심하는 것 같았다. 그리고 언젠가 그가 겸연쩍해 하면서 그녀에게 귀걸이를 선물했다. 하지만 그녀는 아주 오래전에 귀걸이 한 기억이 희미했지만 막힌 귀를 그가 준 귀걸이를 하기 위해 다시 뚫었다. 그녀는 남자한테 귀걸이 선물을 받아본 것이 이때가 처음이었다. 그리고 얼마 전에 그녀는 꿈을 꾸었다. 그녀에게 전생에 얽힌 사연을 알게 해준 주지 스님이 나타났다. 그리고 현생에서 지금 만난 앞 전생의 남편이었던 그를 조용히 부르시더니 주지 스님이 그녀에게 앞으로 일어날 일들을 일러 주셨고, 그에게 당부의 말도 하셨다. 그 내용은 일어나지 않은 미래의 일이기 때문에 아직은 밝힐 수가 없다.

100년이 넘은 지금 서로가 다른 환경에서 환생하여 반년 세월을 살고, 다시 전생의 남편을 알아봤지만 그는 전생기억을 하나도 하지 못한다. 그것이 보통 사람들의 인생이니까. 누구나 살면서 잡고 싶은 인연은 있는 법이다. 그녀에겐 그가 바로 그런 사람이다.

지금 그녀가 가끔 두려운 것은 전생기억이 문득문득 떠오를 때 마다 전생에 그녀를 쫓아다니며 위협하던 그를 현실에서 또 보게 될까봐 겁난다. 왜냐하면 지금 현실에서 전생의 부부의 인연을 다시 만났듯이 그도 또 다른 악연으로 만날까 두렵기 때문이다. 하지만 이미 만났을 수도 있고 지나쳤을 수도 있다. 앞으로 그 사람과 악연으로 얽히지 않기만을 바랄 뿐이다. 전생의 업이 남아있다면 현실에서 꼭 이어지기 때문이다. 그래서 사찰에서는 스님들이 새벽 예불을 올릴 때마다 108배를 하면서 "지극한 마음으로 과거, 현재, 미래를 참회합니다." 하고 일일이 참회 하면서 절을 한다. 그녀 역시 매일 그렇게 절을 한다. 이렇게 하는 것은 자신의 업장소멸을 하기 위함이다. 업장소멸을 해야 두 번 다시 그녀에게 악연이 더 이상 이어지지 않기 때문이다.

많은 사람들이 이런 말을 한다. 왜 내가 하는 일은 잘 풀리지 않고, 사람들과의 관계가 원만하지 않는가하고 한탄하는데, 자신의 잘못된 성격으로 인한 결점일 수도 있고, 선택일 수도 있고, 자기 자신의 전생 업으로 인한 것일 수도 있다. 이런 경우 사람들은 전생에 대한 기억이 없기 때문에 많은 사람들이 속수무책으로 당하고 겪는 일이 많다. 모든 해답은 자신에게 있는 것이다.

마음과 말, 행동. 이 세 가지는 현실에서 가장 중요한 역할입니다.

마음먹기 따라서 삶이 달라질 수 있으니까요.

인격의 대상이 기대치에 어긋나면 그의 말과 행동에 따라

세인들의 입방아에 지탄을 받기도 합니다.

마음은 실체가 없기 때문에 매 순간 변하는 뜬 구름과도 같지요.

세월 속에 쌓아왔던 심성도 대상에 따라 아무것도 아닌 것처럼

무너져 내릴 수 있는게 또한 마음입니다.

강물을 막을 수는 있어도 사람의 말과 마음을 막을 수는 없겠지요.

세상에 좋은 것이 많다한들 내 마음이 미치지 못하면 다 소용없는

일이지요. 사후에 육신은 벗어나도 가지고 갈 수 있는 건 마음입니다.

이 마음에 따라 다음 인연이 정해집니다.

내 마음이 지금 어디에 머물고 있나요?

저마다 자신은 소중하다고 생각하면서 나와 부딪치는 대상들을

마음대로 저울질 하지는 않나요?

세상 인심에 따라 속수무책으로 따라가는 그 마음에 가슴이 아려옵니다.

예전 나의 생각이 업의 종자를 심었기 때문에 결정된 업은 면할 수가 없다.

마음을 잠시 쉬고 말과 행동을 머무는 바 없이 쉬어야 하리라.

세상 것을 많이 익히고 배워도 지혜로움만 못하고 마음을 비우고 비워도 항아리 속에 세상 것을 온갖 가득 채워 놓으니 더 이상 다른 무엇을 채울 것인가?

덥고 추우면 내 거처는 미리 걱정하면서 자식과 재물 때문에 허덕이고, 나도 내가 아니거니 왜 자식과 재물을 걱정하는가?

정작 내 앞에 다가올 변고는 생각지 않으니 이것을 어리석음이라 하네. 오래 살고 싶으면 자비를 실천하고 산 것을 죽이지 말아야 하며, 큰 부를 갖고 싶으면 반드시 옳은 곳에 적선을 해야 하며 사람들에게 이익이 되게 해야 함이니.

남에게 베풀면서 양심과 갈등하면 차마 못할 일. 보시란 원래 쌓음이 아니니 많고 적음에 상관없이 마음 내키는 대로 해야 함이니 덕으로써 복을 받는 것이라.

지금 내 곁에 생을 바쳐도 아깝지 않고 수 천 번을 만나도 또 만나고 싶을 만큼 대화 하고픈 인연이 있는가? 이것이 으뜸가는 마음 공양이라.

세상에 태어나지 못한 영가의 한

1960년대에 아들 셋에 딸 하나를 키우는 40대 초반의 주부가 있었다. 넉넉하지 않은 농촌 살림이라 살기 빠듯했고 도시에 나가 공부하는 아이들의 뒷바라지를 하기가 여간 힘든 일이 아니었다. 집안에 목돈이 들어가는 날이면 집에서 키우고 있는 가축을 팔아서 근근이 생활을 유지해 나갔다. 농사일과 집 앞의 텃밭 일까지 바쁜 생활 속에서 생각지도 않은 고민거리가 그녀에게 생겼다. 몸이 늘 피곤해도 일을 많이 해서 그러려니 생각했는데 평상시 먹지 않던 음식이 당겨지고 입맛이 변한 것 같아 이상한 느낌이 들어 병원을 찾았는데 진찰결과 임신이란 진단이 나왔다. 늦은 나이에 임신이란 말에 황당했지만 넉넉하지 않은 살림에 이 아이를 낳는다면 어떻게 가르칠까 하는 고민을 하면서 집으로 돌아왔다. 사십이 넘은 나이에 임신이라 민망하여 시어머

74

니게 말을 못하고 혼자서 며칠을 보내다가 일찍 퇴근한 남편에게 저녁을 먹은 뒤 조용히 말을 꺼냈다.

"당신 친구들 중에 자식을 늦게 본 친구가 있나요?"

그러자 남편은 시큰둥한 표정으로,

"갑자기 왜 묻는 거요? 왜 늦둥이라도 갖고 싶소?"

그리고 저녁상을 물리고 밖으로 나가버렸다. 그녀는 망설이다가 남편이 있는 곳으로 따라 나갔다. 마당에 평상이 하나 있었는데, 모기를 쫓으려 말린 쑥으로 모깃불을 피우고 있었다. 손에 작은 부채를 들고 남편 옆으로 가서 부채질을 하자 남편이 그녀를 향하여 돌아보더니,

"왜 생전 안하던 짓을 하지?"

그리고 그녀를 빤히 쳐다보았다. 그때서야 그녀는 입을 열었다.

"얼마 전에 산부인과에 갔다 왔는데 아이를 가졌다 하네요."

말을 꺼내놓고는 남편의 눈치를 살폈다. 그런데 늦둥이라 기뻐할 줄

알았는데 남편의 반응은 의외로 아무런 말이 없었고 남편은 잠시 생각하는 듯 하더니 한다는 소리가.

"지금 우리 집 형편에 아이 넷을 공부시키는 데에도 허리가 휘는구먼. 지금 그 아이를 낳아서 어떻게 키운단 말이오? 친척 외삼촌 집을 한번 보시오, 그 집에 자식이 열 명이잖소? 지금까지도 아이들 때문에 외삼촌 내외가 근근이 허리가 휘청할 정도로 생활하면서 공부도 제대로 못 시키고 있는 것을 알지요. 우리 집도 지금은 괜찮지만 여기서 자식 하나 더 낳는다면 옳게 가르치지 못할 거요. 그럼 그 아이는 커서 못 배운 한을 부모를 원망하며 살 건데 나는 그런 무책임한 부모는 되기 싫소. 그러니 아이에겐 안됐지만 병원에 가서 그 아이를 지워버립시다."

그 말을 듣는 순간 그녀는 너무 실망스러웠다. 그리고 생긴 아이가 축복이 아닌 부담감으로 현실에서 환영받지 못하다는 것이 가슴이 아프고 아이에 대한 미안함으로 가득했다. 그리고는 여러 날이 지났는데 이른 아침 출근 하려던 남편이 아침밥을 먹고 난 뒤 잠시 그녀를 불러내었다.

"내가 산부인과에 예약했으니 오늘 읍내 병원으로 나와요, 그리고 아이를 지웁시다. 어차피 예정에 없던 아이잖소? 당신도 생각해보구려. 우리 이 나이에 그 아이를 낳아서 키운다는 건 고생만 할 뿐이오."

그녀의 대답은 듣지도 않고 일방적으로 통보하듯 자전거를 타고 남편은 저만치 멀어져 갔다. 그 뒷모습이 얼마나 얄미운지 이루 말로 표현할 길이 없었는데 나중엔 화가 나기도 했다. 그녀는 혼자서 중얼거렸다.

"내가 남의 씨를 잉태한 것도 아니고 애도 이 집 자손인데 왜 나를 죄인 취급하는 건지 모르겠네. 애는 혼자서 만드나. 제기랄 XXX"

자신도 모르게 평소에 하지 않던 욕까지 튀어 나왔다. 혼자서 구시렁거리면서 부엌으로 들어갔다. 소여물을 삶느라고 불을 때고 있었는데 잠시 한 눈 파는 사이에 솥 안의 여물이 넘치는 것이 아닌가. 급한 마음에 옆에 있는 박 바가지로 물을 떠서 넘치는 가마솥 가장 자리에 붓고 있는데, 박 바가지를 급히 잡느라 구멍이 나버렸다. 이 때 마침, 시어머니가 부엌문을 밀치고 들어오다가 박 바가지가 구멍 난 것을 보고, 입을 씰룩거리면서 화를 내었다. 그리곤 아궁이에 불을 지피고 있는 며느리의 등 뒤로 다가가더니 시어머니는 손가락으로 며느리의 등을 여기저기 마구 꼬집었다. 그리고 하는 말이.

"바가지 본래대로 해놔라. 바가지에 구멍을 왜 내놨냐? 살림살이다 부셔먹겠네. 바가지 본래 모습대로 해놔라. 여기 네가 장만한 살림살이가 어딨노? 다 내 살림이다."

　하고 시집올 때 제대로 예단을 해오지 않은 것을 이참에 분풀이로 하는 것 같았다. 평상시에도 시어머니 시집살이가 심해도 노인네가 그러려니 하려고 그냥 넘어갔는데 이때만큼은 그녀도 몹시 화가 나있었다. 남편에 대한 섭섭함도 함께였다. 그리하여 매섭게 노려보는 시어머니 앞에서 바가지를 부엌바닥에 엎어놓고 한 쪽 발로 지근지근 밟아서 부셔버렸다. 그녀는 억장이 무너진 듯 바라보는 시어머니를 보고 한 마디 했다.

　"사람도 죽고 사는 마당에 이 바가지가 무어라고 사람을 그렇게 큰 죄를 진 것처럼 닦달하고 있소? 이 바가지가 사람 생명 보다 중하오? 어머님 말 좀 해보소."

　동네가 떠나가도록 고함을 질렀다. 며느리의 이런 모습을 처음 본 시어머니가 기가 막혀서 아무 말 못하고 부엌을 지나 밖으로 나가 버렸다. 그리고 해가 져서야 시어머니는 살며시 안방으로 들어가서는 인기척이 없었다. 이때까지도 그녀는 분이 풀리지 않았다. 저녁에 퇴근한 남편을 시어머니가 안방으로 부르더니 낮에 있었던 일을 아들에게 일러주었다.

잠시 후 남편이 건너 방으로 들어왔을 땐 오히려 그녀의 눈치만 살피고 있었다. 그날 밤은 다툼 없이 그냥 넘어가버렸다.

그 이튿날 오후가 되자 남편과의 약속대로 읍내에 있는 산부인과로 가다가 길모퉁이에 있는 철학관이 눈에 띄었다. 발길이 그리로 끌렸고 들어가서 그녀는 자신의 사주를 보았는데 그 사람 하는 말이.

"아이를 가졌네요. 그 아이는 굉장히 좋은 기를 타고난 아이니 훌륭하게 잘 키우십시오. 세상에 큰 일을 할 인물입니다. 옛날로 말하자면 왕은 아니더라도 큰 벼슬을 할 대신의 팔자를 타고난 사주를 가졌소."

그리고 이름까지 지어주는 것이었다. 철학관을 나오면서 산부인과로 가지 않고 곧바로 집으로 돌아왔다. 일찍 퇴근한 남편이 그녀를 보고 몹시 화를 내었다. 남편은 오후 내내 병원에서 그녀를 기다렸던 것이다.

"도대체 당신 그 아이를 어쩔 셈이오?"

그녀가 남편을 설득 시키려고 낮에 병원 가는 길에 들렸던 철학관에서의 일을 차근차근 설명했다. 그래도 남편은 요지부동이었다.

"요즘 시대에 그런 말을 믿소? 어리석은 사람 같으니. 다시 병원 갈 날을 잡을 테니 그때는 약속을 지키시오."

그 말이 어찌나 단호하던지 더 이상 다른 말을 할 수가 없었다. 그날 밤 그녀는 꿈을 꾸었다. 뭉게구름이 가득 덮여있는 하늘이 갑자기 구름이 걷히면서 큰 용 한 마리가 하늘에서 내려오는 것이 아닌가. 그러더니 그녀의 온몸을 휘감았다. 너무나 놀라서 빠져나오려고 애썼지만 용은 몸을 풀어주지 않았는데 어느 순간 용이 그녀의 몸을 풀어주는 것이 아닌가. 그러더니 하늘로 다시 올라가 버렸다. 이때 손바닥이 미끈거려서 오른 손을 펴보니 용 비늘이 서너 개가 붙어있었다. 그리고 꿈에서 깨어났다.

아침이 되어 하루 내내 꿈 때문에 마음이 편치 않았다. 바쁜 일상은 계속 되었다. 어느 오후에 남편이 택시를 타고 급히 집에 오더니 들어와서는 다짜고짜 병원을 가자고 재촉하는 것이었다. 대충 옷을 갈아입고 함께 택시를 타고 산부인과에 도착하였다. 막상 그녀는 수술실에 있는 하얀 침대를 보는 순간 도망가고 싶었다. 기다렸다는 듯이 의사는 수술대 위에 있는 그녀에게 주사기로 약을 주입시키는 것이었다. 태아가 6개월이 넘어가니 유도 분만하여 낙태를 시키려는 것이었다. 그런데 주사기 바늘을 배에 꽂아 약을 주입하려는 순간 의사가 몹시 당황한 듯 주사기를 얼른 몸에서 빼냈다. 그리고 의사가 당황한 듯 밖에 있던 남편에게 말을 하였다.

"어지간하면 그냥 아이를 낳는 게 어떻겠습니까? 서너 달만 있으면 출산인데 누구나 사정은 있겠지만 나도 낙태는 권하고 싶지 않습니다."

그래도 곁에 있던 남편은 고집스럽게 마음을 돌리지 않자, 남편의 얼굴을 살피던 의사는 다시 다른 주사기로 약을 주입시켰다. 나중에 안 사실이지만 의사가 그렇게 말하는 데는 이유가 있었다. 처음 약을 주입시키려던 주사기가 그녀의 몸에 들어가자 주사바늘이 휘어져 나왔던 것이다. 그러니 의사 입장에선 왠지 마음이 석연치 않았던 것이다.
집에 돌아오자 약 기운 탓인지 그 이튿날 아이는 낙태되었다. 이것이 세상의 빛을 보지 못한 아이의 마지막 날이었다.

세월이 흘러 그녀는 3남 1녀를 다 결혼을 시켰고 손자, 손녀까지 봤으니 다복한 듯 보였는데 막내아들의 결혼 생활만이 순탄하지 않음을 내내 지켜봐야 했다. 그리고 갑작스러운 아들의 건강 악화로 결국은 막내아들을 1999년도에 저 세상으로 떠나보내는 일을 겪었다.
지금까지의 이 이야기 속 그녀는 현재는 고인이 되셨지만 내가 16년 동안 모시고 살았던 시어머니의 사연이다. 내가 이 사연을 시어머니께 듣게 된 동기는 이러했다.

나는 남편이 죽기 1년 전인 1998년의 어느 날 기도 중에 어떤 환영을 보게 되었다. 어떤 영혼이 내 앞에 나타났는데 남편과 비슷하게 닮은 사람이었다. 그리고 나와 교감을 하게 되었다. 나는 누구냐고 물었고 그 영혼은 이렇게 말했다.

　"당신의 시어머니가 오래전에 낙태했던 그 태아요. 내가 이렇게 나타난 것은 세상에 태어날 수 있는 시기를 놓쳐서 그것이 한이 되었소. 얼마 안 있어 당신 남편을 저승으로 데리고 갈 것이오. 이 모두가 업으로 이러는 것이니 나를 원망 마시오."

　나는 너무 놀라서 그 영혼에게 다시 물었다.

　"아니, 다른 형제들도 있는데 왜 하필 내 남편입니까?"

　그러자 그 영혼은

　"당신 시어머니가 다른 자식들보다도 막내아들을 예전부터 제일 사랑했소. 그것을 시어머니 살아생전에 그 기쁨을 내가 거둬가는 것뿐이오."

　그리고 그 영혼은 이후에 나에게 나타나지 않았는데 나는 시어머니께 이 사실을 말씀드리니 과거의 낙태한 아이에 대해서 나에게 상세히 설명해주는 것이었다. 그 날 처음 듣는 얘기였고 설마 했는데 걱정스러운 날이 생각보다 빨리 오고야 말았다. 그 영혼이 말하던 대로 그 해 남편이 병원에 입원하여 그 다음해에 병사했다. 업이란 것이 얼마나 무서운 것인지 모른다. 살면서 악업이 아닌 선업을 쌓아야만 밑에 그 자손들까지 치명적인 일은 발생하지 않으리라 생각 된다.

사람의 근원은 기다림에서 시작됩니다.

생명은 수태를 시작으로 세상 밖으로 나오기 위한 기다림 끝에 태어나고

사계절의 더위와 추위를 견뎌내는 기다림이 있어야

풍성한 열매를 얻듯이 모든 것이 기다림 끝에 오고 가는데

유독 사람만이 마음이 한량없이 바쁩니다.

사람과 사람사이에 얽매여서 서로가 이익을 얻고자 투정하고 애씁니다.

사람들이 서로 다른 환경에서 똑같은 생각과 행동을 하는 것 같아도

내가 살고자 하는 마음엔 다른 방향으로 가는 것이 인지상정입니다.

때로는 긴 한숨으로 마음을 내려놓아야 할 때도 있습니다.

지금 자신의 마음이 끌리는 그것이 내 선택이고,

나의 몫으로 정해질 수밖에 없는 현실입니다.

누구나 복된 삶을 원하지만 복을 얻기도 하고 털어내기도 하는 것은

자신이 하는 것이지 결코 남이 주는 것이 아니라는 것을 알면서도

자꾸만 그 길을 누군가에게 끊임없이 묻습니다.

 시대가 달라도 변함없는 원칙은 있습니다. 철저하게 이 원칙을 지키며 살았던 사람이 20세기의 간디였습니다.

그는 사회에서 종교 분쟁은 인간관계를 불행하게 만드는 일로서 화합의 노력을 평생 주장해왔지만, 뜻대로 이루지 못하고 생을 마감해야만 했습니다.

우리가 현실에서 완전한 것만 추구한다면 세상에 온 삶의 의미가 없을 겁니다. 예전에 성자들의 삶은 평범함 보다 오히려 고통 속에서 불완전한 삶을 살았습니다. 알고 깨닫는 것이 많을수록 삶에 대한 부담감이 컸을 것입니다.

21세기에 우리의 삶을 성자들의 발자취와 비교한다면 마치 연기를 잡으려는 것이지요. 세상은 현실에 맞게 뜻을 세우고 목표를 향해 가도 이룰 수 있는 사람이 있고, 죽을 때까지 이루지 못하는 사람이 있기 마련입니다.

중요한 건 누구에게나 주어진 시간과 물질을 어떻게 쓰고 사용하느냐에 따라 가치가 있을 겁니다. 이 모든 논리는 기본에서 비롯되며 이 정신을 실천한 사람이 간디입니다. 20세기에 주장한 논리가 21세기 현재에서도 적용할 만큼 가치가 있다고 봅니다.

주변에 흔히 있는 꽃을 한번 보십시오. 꽃은 아름답지만 자신을 자랑하지도 꽃의 크고 작음을 비교하지 않고 있는 그대로 향기가 있건 없건 피었다 지기를 수없이 반복할 뿐입니다.

우리의 삶이 아름다운 것은 인생이 무지개처럼 펼쳐질 때가 아니라 진실한 삶을 살다가 무지개처럼 어느 순간 사라짐을 슬퍼하지 않고 순리대로 받아들이는 자세일 것입니다.

숙명 宿命

 한 수도원에서 있었던 일이다. 전쟁 시기였기 때문에 수도원 밖은 멀리서 간간히 총성소리와 군인들의 발자국 소리가 들렸다. 어느 날 수도자들이 마당을 쓸고 있을 때 군인들의 행렬이 수도원 앞을 지나가고 있었다. 이때 수도자들이 호기심에 문 가까이 가게 되었고, 줄지어 지나가는 군인들을 바라보고 있을 때였다. 그때 한 수녀와 젊은 장교가 눈이 서로 마주쳤다. 순간 둘은 시선을 뗄 수 없었고 그 장교는 수도원 창살문 가까이에 있는 그녀에게 다가갔다. 그리고 그는 잠시 머뭇거리다 이내 앳돼 보이는 수녀에게 말을 건넸다.

 "수녀님, 결례인 줄 알지만 당신에게 첫 눈에 끌렸습니다. 이대로 제가 부대로 돌아간다면 평생 이 순간을 후회할 겁니다. 제 얼굴을 기억해 주십시오, 저를 위해 기도해 주십시오. 저는 언제 또 전쟁터로 나가야 될지 모릅니다. 꼭 다시 만날 수 있는 인연이 되기를 간절히 원합니다. 그리고 제 명찰의 이름을 기억해 주십시오. 밖에 나오실 일이 있을 때 저를 찾아와 주십시오."

그녀는 다른 수도자들이 들을새라 얼굴이 붉어졌다. 순간, 그녀는 그의 애절한 눈빛을 보았고, 자신의 마음도 그에게 홀리듯 끌려가는 느낌을 받았다. 그래서 엉겁결에 그 장교에게 그렇게 하겠다고 말해버렸다. 이때부터 그녀는 자신의 본분을 잊어버린 듯 아무것도 생각하고 싶지 않았다. 이때 상관의 호령소리에 장교는 군인들 행렬 속으로 차츰 멀어져 갔고, 그는 자신의 모습이 멀어질 때까지 수도원 쪽을 돌아다보았다. 이후에 그녀는 일상처럼 해오던 수도 생활이 어느 순간부터 무의미하게 느껴졌고, 결국 그 장교를 찾아가리라 마음먹었다. 그녀가 수도원 생활을 청산하리라 이때 마음먹었던 것이다. 끝까지 말리는 수도원장의 말을 뒤로 한 채 그녀는 수도복을 벗고 수도원을 나왔고 갈곳을 정하지 못한 채 작은 가방 하나만 들고 무작정 길을 떠났다.

그녀는 어렸을 때부터 수도원에서 크고 자랐기 때문에 세상에 아는 사람은 아무도 없었지만, 머릿속엔 오로지 그 장교가 있는 곳을 찾아가겠다는 생각뿐이었다. 사람들에게 물어물어 그 부대가 있는 곳까지 찾아갔지만 그는 그곳에 이미 없었고, 다른 곳으로 이동한 뒤였다. 시

일이 자꾸 지나자 그녀의 수중에 남은 것은 아무 것도 없었고 몸도 마음도 지쳐갈 즈음에 광장 분수대 옆에서 앉아 있을 때, 거리 광장에서 거리 공연하는 광대들을 보았다. 그 광대들이 공연하는 모습을 지켜보다가 심한 현기증과 함께 배고픔을 느꼈다. 해가 뉘엿뉘엿 질때 쯤 광대들은 공연을 접고 다른 곳으로 옮기려 할 때, 그녀가 그들에게 다가가 말을 건넸다.

"저도 이 일행에 끼워 줄 수 없는지요? 저는 노래는 잘 합니다."

갑작스런 그녀의 제의에 광대 중의 제일 나이 많은 사람이 그녀를 찬찬히 위아래를 훑어보고 나서는 말했다.

"그럼 지금 노래를 한 번 해보시오. 들어보고 결정하겠소."

그녀는 아무런 반주도 없이 즉흥적으로 수도원에서 배운 노래들을 불렀다. 그녀는 수도원에서 꽤나 노래를 잘한다고 알려져 있었고 그때를 생각하며 노래를 불렀다. 그녀의 노래를 듣고 있던 광대들이 감탄했고, 공연하는 일행과 함께 일하기로 하였다. 그날부터 광대들과 함께 공연을 다녔고, 그녀의 소문이 퍼져서 어느 극장에서 공연해달라는 제의도 받게 되었다. 공연이 끝난 후 극장 관계자 중의 한명이 그녀에게 다가와 말을 건넸다.

"아가씨, 나와 함께 일해보지 않겠소? 내가 당신의 실력을 키워주겠소."

이때부터 그녀는 가수가 되어 그 지역에서 이름을 떨쳤다. 가수가 된 뒤에도 마음속에 간직하고 있는 그 장교를 잊은 적 없이 언젠가는 꼭 찾으리라는 마음을 먹었다. 하지만 어떻게 된 건지 수소문하여 그를 찾을 때마다 자꾸만 어긋나버렸다. 그녀는 이 극장 저 극장 옮겨 다니면서 공연을 하느라 몹시 바빴고, 이제는 제법 여유까지 생겼다. 수도원에서의 그녀의 모습은 찾아볼 수가 없었고 자신도 모르게 세속화 되어가는 것을 느꼈지만 마음은 오로지 그 장교만을 생각하였다. 화려한 일상생활 속에서 끊임없이 유혹은 뻗쳤고, 그녀의 모습에 반한 남자들이 그녀에게 사랑을 고백했다. 그리고 그녀에게 갖가지 선물을 들고, 구애할 때마다 우연인지 필연인지 그녀를 사랑하는 남자들은 알 수 없는 사고로 목숨을 잃는 불행을 겪게 되었다. 마차에 치여 죽거나 총에 맞아 죽거나 높은데서 떨어져 죽었다. 상심하는 그녀에게 누군가가 그 장교가 있는 곳을 알아내어 그녀에게 소식을 전해주었다.

그녀는 그를 찾아 나선 끝에 그동안 보고 싶었던 그를 만나게 되었지만 전시 중이었기에 짧은 만남 뒤에 또 다시 그와 헤어지게 되었다. 장교는 그녀에게 떠나면서 다짐을 하였다.

"내가 이 전쟁에서 살아 돌아온다면 당신과 결혼하겠소. 기다려주시오. 그리고 나의 무사함을 기도해주시오."

 그녀는 고개를 끄덕거렸고 손을 흔들며 그를 떠나보냈다. 그녀는 그가 돌아올 때까지 노래를 부르기 시작했고, 그와의 삶을 상상하며 꿈을 키워 나갔다. 하지만 들려오는 소문에 아군이 패전을 거듭하고 있다는 소식만 들려 왔고, 전쟁터로 돌아간 그가 혹시라도 죽을까봐 그녀는 불안해지기 시작했다. 그 장교가 무사히 살아 돌아오기를 간절히 기도 했지만 자신에게 구애했던 남자들이 죽었던 것처럼 그도 죽을 까봐 몹시 두려웠다. 어느 날 그녀는 꿈자리가 뒤숭숭하여 가까운 성당을 찾았고, 두 무릎을 꿇고 성모상 앞에서 간절히 청원의 기도를 하였다.

 "성모님, 제발 그를 살려주십시오. 저 때문에 그가 죽는 일은 없게 하여 주십시오."

 매일 성당에서 그녀는 눈물로써 기도를 계속하였다. 그는 치열한 전투 중에 그가 이끄는 많은 군인들은 곁에서 죽어나갔지만 이 장교는 아슬아슬하게 총알이 머리 위를 스쳐 지나가는 기적을 경험했다. 그녀의 끝없는 청원의 기도 내용은 이러하였다.

 "그분의 목숨을 살려주신다면 제가 수도원으로 다시 돌아가겠습니다. 그리고 두 번 다시 세속에 나오지 않겠습니다. 다만 마지막으로 그분이 살아서 돌아올 때 멀리서 그분 얼굴 한 번만 보게 해주십시오. 그러면 홀가분하게 이곳을 떠나겠습니다."

그녀가 기도를 끝내고 마지막 공연을 극장에서 하고 있을 때, 바깥에서는 행군하는 소리가 들려왔다. 그녀가 많은 사람들 속에서 행군하는 모습을 지켜보고 있을 때 군인들 사이로 그 장교의 모습이 보였다. 그러자 갑자기 그녀는 눈물을 펑펑 쏟았고, 마음속으로는 끊임없이 성모님께 감사의 기도를 하였다. 이것이 그와의 마지막 인연이었다.

그렇게 그녀는 모든 것을 정리하고 수도원으로 돌아왔다. 그녀가 수도원으로 돌아왔을 때 그 지역에는 그날부터 며칠 동안 많은 비가 내렸다. 그리고 그녀가 수도원을 떠날 때 흔적도 없이 사라졌던 성모상이 그녀가 수도원으로 돌아오던 날 기적처럼 성모상도 함께 제자리로 돌아왔다. 그리고 그녀가 떠날 때 이 지역에는 가뭄이 들었고, 그녀가 돌아 올 때까지 비가 오지 않아 흉년이 들었던 것이다.

하늘은 시대에 필요한 단 한 사람을 쓰고자 할 때, 그 사람을 보호하고자 주변 사람들의 희생과 때로는 목숨을 대가로 할 때도 있다. 사람을 살리는 사랑도 있고, 사람을 죽이는 사랑도 있는 것이다. 또 사랑은 약이 될 수도 있고, 독이 될 수도 있다. 고통이 깊은 사랑일수록 천리향처럼 멀리 떨어져 있어도 깊은 향기로 퍼져나간다.

1993년도에 있었던 일이다. 20대 초반의 나이에는 늘 그렇듯이 여러 가지로 자신의 미래에 대하여 생각해 볼 수 있는 시기라고 생각한다. 여기 평범한 삶을 무난히 꿈꾸었던 한 20대 초반의 아가씨가 있었다. 이 아가씨는 수도원 생활을 갈망했었고, 그 꿈을 이루고자 신앙생활을 열심히 했지만 쉽게 자신이 마음먹은 대로 현실은 따르지 않았다. 그녀가 동쪽으로 가고 싶으면 서쪽으로 가 있었고, 오른쪽으로 가고 싶으면 왼쪽으로 가게 되는 엉뚱한 방향의 연속이었다. 말하자면 자신이 원하는 대로 되지 않고 정반대로 돌아가는 생활이 연속 되었던 것이다. 그러니 일상생활에 미련은 없었고 모든 걸 뒤로 한 채 수도원으로 들어가게 되었다.

　하지만 수도원 생활은 처음부터 그리 만만치 않았고 처음부터 끝까지 순명, 순명이었다. 수도생활 하면서 잠시 나온 외출에 어느 날 부터인가 마음이 조금씩 흔들렸지만 기도로써 묵묵히 버텨내는 인내심을 가졌고 그러기를 해를 넘기고 달이 가고 시간은 흐르고 세속에 대한 미련이 저 마음 깊은 곳에 다시 새록새록 일어남을 느꼈다. 마음을 잡고자 지도수녀님께 상담도 해보고 여러 가지 방법을 찾았지만 끝없는 자신에 대해 앞으로 긴 긴 수도생활을 어떻게 해야 할지 고민하였다. 이럴 시기에 며칠의 여름휴가가 주어졌다. 휴가기간 동안 자신의 인생에 대해서 다시 한 번 생각하게 되었고, 결국 수도원 들어가는 날 수도복을 벗기로 지도수녀님께 최종적으로 말씀드리는 상황이 일어나고 말았다. 그런데 이 수도원이 초창기에 세워질 무렵부터 하늘의 메시지를 받는 이가 그 수도원에 살고 있었다. 그리고 마지막으로 수도원을 떠나려는 그녀와 그분은 마주 앉아서 독대를 했는데, 이날 그 자리에서 그녀에게 그분을 통하여 그녀에게 주는 하늘의 메시지가 전달되었다. 그녀가 세속에서 살게 되면 앞으로 일어날 일들을 상세하게 들려주는 것이었다. 1994년 8월 17일에 이 메시지가 전해졌다.

"너는 수도원에 들어와 수도복을 입고 지금까지도 양심을 속이고 살다가 또 네 만족을 찾기 위해 나가서 결혼하면 더 부끄럽고 양심에 볶이어 결혼생활을 할 수 없다. 네 앞에는 성소 받는 자가 문경 세원에 살 때 쓰던 옹기 자배기에 조롱바가지가 띄워 있다. 이 이유는 무엇이냐 하면 성소 받은 자의 장부가 노가다에 돈도 못 벌면서 술만 한 동이씩 받아오라고 해서 이 자배기에 술을 받아오면 바가지로 한 바가지씩 마시고 술주정을 하며 고통을 주었다. 그 때 술 받아오던 자배기를 왜 너에게 보여주었겠느냐? 만약에 남자가 술 먹고 가정을 안 돌보는 그런 사람을 만난다면 후회하며 단지 안에서 울게 된다는 뜻이다. 너희들이 살면 얼마나 사느냐? 네가 단지 안에 들어가 있다가 단지가 깨지면 숨을 수도 없다. 지금까지 깨지기 쉬운 단지 안에 숨어 생활 해왔던 것이다. 정덕 분심은 누구든지 든다. 그 분심을 못 이기면 수도 생활을 못 끝낸다. 항상 정덕분심으로 유인하려 노리는 뱀(사탄)이 옥잠화를 물고 있다. 그 정덕 분심을 이기는 데는 부지런히 일하고, 성체(공경)

조배하고, 로사리오 기도를 하고, 모든 것을 잊고, 자기 보속도 하고 끝까지 희생하고 살아야 이길 수 있다. 너는 지금 네 마음에 결혼하고 자녀를 낳고 싶은 마음이 있는데 예수님 십자가에 못 박힐 때 그 옆에서 우셨던 성모님의 눈물을 대신하여 참고 정덕에 탈선한 이들을 위하여 희생으로 바쳐야만 된다. 옛날 우물에 두레박으로 물을 떠서 옹기 자배기에 담아 조롱바가지에 떠어 물을 긷는 비유다. 네 뜻을 버리고 공이 되라. 이 사람이 툭 차고 저 사람이 툭 차도 아프다는 말을 하지 말고 신경질을 부리지 말고 자존심을 부리지 말고 자존심 세우지 말고 애덕으로 나갈 것이다. 밤송이가 있다. 밤송이가 익을 때까지 참고 좋은 실과를 맺으면 영양이 되는 좋은 밤알이 들어 있는데 익기도 전에 딴다면 풋밤이라 아무도 못 먹고 겉은 멀쩡하나 속 분심으로 벌레가 파먹고 똥만 가득 담겨 아무도 못 먹는 수가 있다. 그런 속 분심에서 생활하면 가치가 없다. 자존심을 끊고 본성을 누르고 이기심을 버리고 질투를 버리고 초성으로 마음 그릇을 넓혀 겸손하게 살아가라. 네가 남자를 얻어 어린애를 낳고 살아봐야 뉘어 놓은 단지 안에 쭈그리고 앉아 있는 비유다. 수도원 안에 살아도 단지 안에 쭈그리고 앉아 있고 나가서 살아봐도 세속에서 자유롭게 살 수 없다."

여기까지가 하늘이 그녀에게 주신 개인 메시지다. 이 메시지처럼 그녀는 결혼을 했지만 이혼하는 아픔을 겪었고, 한동안 양심과의 싸움에서 고통스러운 나날들을 보내기도 했다. 수도원에서의 받은 교육방식

대로 세속에서는 걸림돌이 되었고, 주변사람들과의 이해가 대립하여 언쟁만 계속되었다. 직장 생활을 해도 마음이 편치 않았고, 그래서 생각한 것이 공부였는데 뒤늦게 대학을 졸업하고 지금은 병원에서 근무하고 있다. 그녀가 앞으로 미래를 어떻게 펼쳐나갈지는 아무도 모른다.

당신이 두려움에 포기하는 순간 모든 것이 정지된다.

이 불안한 시대에 원한다고 해서 모두 이룰 순 없지만

눈에 보이지 않는 가슴은 자신에게 말을 한다.

'당신에게 심장이 뛰고 있는 한 믿음만 있다면 기적은 일어난다.'

당신이 그 주인공이다.

강을 바라보고- 바다를 바라보고- 산을 바라보지만-
산의 깊이와 강물과 바다 속의 깊이를 우리는 알지 못합니다.

지금 내 삶은 얼마만큼 깊게 살아왔을까요?

세상 이목 때문에 살아온 세월들이 세상눈에 보이기 위한 삶이
아니었을까요?
나에게 남은 인생에 삶의 깊이가 있기나 한 것일까요?

사람을 얻으려면 여건을 만들어야 하고
하늘의 힘을 빌리고 싶다면 공들여야 합니다.

자연 속에 살아가는 우리는 똑같이 숨 쉬는 일상에 평등한
삶이 주어졌습니다.

이 모든 것을 알면서도 불공평하다고 말합니다.
습관처럼 던지는 말 한마디가 부메랑처럼 결국 자신에게
되돌아오는 것입니다.

하늘을 움직이는 힘

성서에서 이스라엘의 대표적인 왕이 다윗이다. 하느님에 대한 다윗의 충성심은 그야말로 이스라엘 최초의 왕이었던 사울 왕과는 다르다는 것을 알 수 있다. 사울은 마지막 전투를 패하면서 불안감에 예언자에게 묻지 않고, 신접한 이를 찾았던 것이 실수였다. 결국은 자신의 삶을 자살로 끝을 맺었다. 그 뒤를 이어 다윗이 왕위에 올랐고, 이스라엘을 잘 이끄는 왕이었다. 그러나 다윗에게도 잘못 판단하는 실수를 한 가지 하게 되는데, 이것 때문에 다윗왕가에 걸림돌이 되는 사건이 벌어진다. 아들이 반기를 들고 서로간의 골육상쟁이 벌어진다. 그러나 다윗은 예언자를 통하여 자신의 잘못을 뉘우치고 용서를 청함으로써 마지막 말년에는 솔로몬이라는 아들로 하여금 왕위를 잇게 된다.

솔로몬을 낳아준 다윗 왕의 아내 이름은 밧세바다. 그녀는 원래 남편이 있는 여자였다. 어느 날 다윗이 왕궁 옥상을 거닐다가 한 가정집을 우연히 내려다보게 되었는데, 하녀가 시중을 들면서 목욕을 하는 여인을 보고, 그 자태에 반하여 그 여인을 왕궁으로 몰래 불러들였는데 그 여인의 남편은 공교롭게도 왕 밑에 있는 우리야라는 장수였다. 우리야는 이때, 전선을 지키고 있었다. 다윗 왕은 밧세바와 하룻밤을 같이 동침한 뒤 바로 집으로 돌려보냈는데, 어느 정도 달이 지나서 밧세바가 임신한 소식을 들었다. 남의 아내였기에 책임감을 피하기 위해서 급히 전선에서 전투중인 우리야에게 휴가를 주어 밧세바와 함께 지내게 하려 했다. 밧세바가 수태한 아기를 우리야의 자식이라고 우기려 했던 것이다. 하지만 우리야는 충심을 다하는 장수였고, 전쟁 중이라며, 집으로 돌아가지 않고 왕궁에서 다른 병사들과 지냈다. 우리야를 집으로 돌려보내려 한 것은 자신의 책임을 회피하려는 의도였지만, 왕의 뜻대로 되지 않자 결국 아랫사람을 시켜 전투 중에 앞장세우라는 왕의 밀명에 우리야는 결국 전쟁 중에 죽음을 맞이하게 된다.

왕으로서 우리야의 아내 밧세바를 자신의 여자로 취할 수 있게 할 방법은 이 방법 밖에 없었기 때문이다. 이러한 이유로 다윗은 혹독한 대가를 치르게 된다. 다윗왕은 이미 아내가 3명이 있었지만 그녀들이 낳은 자식들은 다윗 왕에겐 씻을 수 없는 모든 불행의 원인이 돼 버리고 만다. 하늘은 다윗 왕의 참된 참회를 받아들여 밧세바로 하여금 둘째 아들 솔로몬을 낳고, 다윗 왕의 뒤를 잇게 된다. 다윗에게 여러 아내와 소실들이 있었지만 다윗이 진정 사랑한 여자는 밧세바였다.

사무엘이란 유명한 예언자가 있었다. 사무엘을 낳은 여자는 한나라는 여자인데 그 여자도 하느님을 공경하는 수부 사람의 두 번째 아내였다. 그런데 수부 사람의 첫째 아내의 이름은 엘카나였는데 그 여자에게는 딸, 아들이 많았다. 하지만 한나는 용모가 아름다웠지만 오랜 세월동안 자식이 없었고, 그것을 빌미로 엘카나는 한나를 끝없이 무시하고 괴롭혔다. 남편이 이 사실을 알고도 그냥 묵인해왔는데, 어느 날 한나는 자신의 처지가 너무나 슬픈 나머지 날마다 슬픔에 젖어 울기만 하였는데, 남편이 그녀를 위로해주면서 하는 말

"왜 먹지도 않고 울기만 하오? 당신 심정을 내가 아는데, 당신한테는 아들 열보다도 내 사랑으로 만족하지 않소? 그러니 울지 마시오."

그러나 그녀는 자식이 생기지 않는 자신이 불쌍하다고 느꼈다. 그래서 남편이 재를 올리려고 길을 나설 때 같이 따라 나섰다. 그리고 남편을 설득시켜 성전으로 가서 그녀는 하늘을 우러러 기도를 하였다. 그녀는 남이 알까봐 속으로 청원하면서 울고 있었다.

"아들 하나만 잉태하게 해주십시오. 여자로서, 아내로서 얼굴을 들지 못하겠습니다. 아들 하나만 점지해주시면 아들이 젖을 떼면 그때,

엘리 사제에게 이 아이를 맡기겠습니다. 그리하여 사제로서 평생 머리 카락을 자르지 않게 하겠습니다."

그녀는 청원의 기도를 마친 뒤 집에 돌아와 남편과 동침을 하니 아이가 생겼는데, 그 아이가 바로 예언자 사무엘이다. 이날 이후부터 한나를 무시하는 사람은 아무도 없었다. 아기가 젖을 뗀 뒤 약속대로 그녀는 아기를 안고 성전으로 가서 엘리 사제에게 사연을 말한 뒤, 아이를 맡기고 한나는 집으로 돌아온다. 엘리의 보살핌으로 성전에서 사무엘은 무럭무럭 자라고, 하늘의 뜻을 전하는 예언자로서 몫을 하며 살게 된다.

그는 이스라엘의 공적, 사적 메시지를 전달하는 예언자가 된 것이다. 솔로몬과 사무엘, 이 두 사람의 공통점은 이스라엘 역사를 만들어 나가는 데에 그 중심에 서있다. 다윗의 아들 솔로몬은 그가 참회의 대가로 얻은 아들이고, 한나의 아들 사무엘은 그녀의 간절한 기도가 하늘을 움직임으로써 얻은 아들이다. 그리하여 한나는 사무엘을 통하여 떳떳한 아내로서의 얼굴을 들게 되었고 예언자의 어미로서 대접을 받았던 것이다.

당시 상황으로서는 밧세바는 다윗 왕의 네 번째 아내였기에 다른 왕후들의 질투가 엄청 심했을 것이다. 왜냐하면 왕비들이 낳은 자식이

100

희생이 되었고 밧세바가 낳은 자식이 왕위에 오르는 과정에서 모든 불행의 원인을 밧세바의 탓으로 돌렸기 때문이다. 하지만 그녀가 끈질기게 왕궁에서 버틸 수 있었던 것은 다윗 왕의 진실한 사랑이었던 것이다. 하늘은 다윗의 마음을 알고 밧세바로 하여금 왕위를 이을 자식을 선물했던 것이다. 그리고 한나는 당시에 아이를 못 낳는 여자는 돌계집(석녀)라 하여 사람들이 무시를 하였고, 한나의 정성스러운 기도가 하늘을 움직여 예언자를 보내 주신 것이다. 모든 것이 자신이 어떤 입장에 있든 간에 환경 탓이 아니라 오로지 모든 근원은 뿌리 깊은 마음에 있다. 하늘을 움직이는 힘은 사람의 마음이다.

법률은 세상의 기준이지 하늘의 기준은 아닌 것이다.

세상에 태어나면서 누구에게나 두 가지 선택권을 갖고 태어납니다.

하나는 하늘의 뜻과 또 하나는 사람의 뜻입니다. 하늘의 뜻은 자신이 살아가면서 어느 종교인으로 살아가든지 무신론자로 살아가든지 복을 빌며, 내 삶을 지탱해가는 과정입니다.

사람의 뜻은 내 삶에 목표를 세우고, 어떤 것을 선택하든 세상에 주어진 나에게 맞는 여건과 관점을 찾아서 살아가는 길입니다. 이 두 가지는 공평하게 주어진 운명이기도 합니다. 그러나 사람이 죽을 때는 자신에게 선택권은 없습니다.

영혼 상태에서는 자신이 어느 곳에 머물 것인지 모른 채 하늘이 허락하는 곳에 머물게 됩니다. 지금 이 순간 살아온 시간들과 남은 삶을 현명하게 점검해 볼 필요가 있지 않을까요? 조상을 위한 기도가 바로 그 답입니다.

살아있는 사람의 정성으로 기도가 하늘에 닿아 내 집안의 죽은 조상들과 내 삶이 평안해진다면 하는 간절한 바람이 생각할 수 있는 도리이자 진리인 것입니다.

무속인 영가의 방문

 세대가 변하여 술집 문화도 많이 바뀌었다. 지금은 클럽 같은 것이 젊은 층에 술 문화의 기본이 되어 있는 듯하다. 지금으로부터 30여 년 전 일이다. 경주에 유명한 기생집이 있었는데 요리를 겸한 고급 술집이었다. 부산에 사는 한 청년이 경주에 일이 있어 갔다가 친구들과 같이 그 기생집에 들리게 되었다. 대문을 열고 들어가자 한복을 곱게 입은 기생들이 손님을 맞이하였고 심부름을 하는 듯 보이는 직원의 안내로 내실로 들어갔는데, 고급스러운 분위기의 가구들로 즐비한 방이었고 청년은 같이 간 일행들과 함께 술상이 나오기를 기다리고 있었다. 시간이 조금 지나자 살며시 방문을 열고 술상이 들어왔다. 그는 처음 가본 낯선 환경과 고급스러운 그릇에 차려진 음식들을 보고 상당한 술값이 나올 것을 생각하곤 이 순진한 청년은 내심 걱정되었다. 왜냐하면 그날 접대비는 그 청년이 내기로 되어있었기 때문이다. 하지만 다시 나갈 수도 없는 상황이었고 이런 저런 생각을 하고 있을 때 방안으로 짝을 맞추듯 한복을 입은 기생들이 서너 명이 들어와 제 각기 일행들 옆에 앉았다. 그러더니 갖가지의 춤과 노래로 분위기를 띄웠고, 그 흥에 흠뻑 젖어 시간가는 줄 모르고 술을 밤새도록 마셔댔다.

일행들은 어지간히 취했는지 하나 둘씩 밖으로 슬그머니 나가버리고 청년도 술에 취한 탓에 깜박 잠이 들었다가 눈을 떴다. 그런데 술상은 온데간데 없고, 자신은 이불 위에 누워 있는 것이 아닌가. 옆을 보니 청년 옆에서 시중들던 한 기생이 같이 누워 있었다. 깜짝 놀라서 옷을 챙겨 입고 방을 나오려는데 그 기생이 갑자기 청년의 발목을 잡았다. 청년은 도망가는 줄 알고 여자가 잡는 줄 알았다. 하지만 그 기생이 하는 말이,

"잠깐만요. 술값은 다 계산이 되었습니다."

라고 말하는 것이 아닌가?

"아니? 누가요? 내가 술값을 내기로 했는데, 누가 술값을 지불했단 말입니까?"

그러자 그 기생이 하는 말이.

"일행이 아니라 제가 지불했습니다. 그리고 어제 같이 오셨던 일행 분들은 먼저 가시면서 저보고 잘 모시라고 부탁을 하였습니다."

청년은 그 말조차 부담스러워 얼른 그곳을 나가야겠다는 생각뿐이었는데 방문을 나서는 순간 그 기생의 흐느끼는 소리를 들었다. 신발을 신으려다 잠시 방문 앞에 서 있었는데 그 때 방문이 열리더니 그 기생이 두 손으로 청년 등 뒤를 감싸 안는 것이 아닌가. 그리고는 그녀는.

"아무 조건 없어요. 제 말대로만 동의해 주신다면 평생 은혜 잊지 않겠습니다. 여기서 저와 3개월만 함께 지내주시면 안될까요?"

그날 이후 이 청년은 무언가가 씌인 것 같은 느낌으로 그곳을 빠져 나오지 못했고, 그녀가 하자는 대로만 이끌렸다. 그는 기생과 그 집에서 같이 동거하게 되었는데, 그 기생은 병적일 만큼 남자에 대한 집착이 심했고, 단 한 발짝도 청년이 집 밖에 나가는 것을 허용하지 않았다. 낮과 밤이 없이 그녀는 계속 그에게 동침을 요구했고, 그렇게 살기를 3개월이 지나갈 무렵 그녀는 갑작스럽게 정신을 잃고 쓰러졌다. 나중에 안 사실이지만 그녀는 치유할 수 없는 병을 앓고 있었고 그녀 자신의 짐작대로 마지막 남은 짧은 생을 자신의 이상형을 만나 함께 사는 것이 그녀의 소원이었던 것이다. 그녀가 죽고 난 뒤 청년은 혼이 빠져 나간 듯 멍한 상태가 되어 어찌할 바를 몰랐다.

청년은 그녀의 장례를 치르고 그 기생집을 나와서 부산 집으로 돌아가려고 정류소에 갔지만 그 청년은 집으로 가지 않고 왠지 모르게 낯선 곳으로, 산으로, 들로 떠도는 신세가 되었다. 청년은 1년 동안 옳게 자지도 않고 잘 먹지도 않고 노숙자 생활로 떠돌았던 것이다.

이 청년이 방황을 끝내고, 1년여 만에 부산 집으로 돌아왔을 때 아들의 모습을 본 그의 어머니는 기가 막힐 노릇이었다. 1년 넘게 행방불명됐던 아들이 피골이 상접하여 저 모습이 사람의 모습인가 할 정도로 뼈와 가죽 밖에 남지 않았던 것이다. 다 큰 자식을 그의 어머니는 몸을 씻기고 옷을 갈아입히고 병원에 당분간 건강 검진을 받게 하려고 입원시키려 했지만 그 청년은 병원에서 도망치고 말았다.

또다시 여러 달이 지났고, 그 청년은 들이고 산이고 무엇에 홀린 듯 계속 돌아다녔다. 그 청년이 집으로 다시 돌아왔을 땐 많이 달라져 있었는데 그의 어머니가 충격을 받을 만한 일이 생겼다. 우여 곡절 끝에 안 사실이지만 청년에게 같이 살던 그 기생의 혼백이 빙의가 되어 청년의 몸에 들어갔던 것이다. 그러니까 청년은 빙의 상태에서 2년 가까이를 자신도 모르게 여기저기 헤매고 돌아다녔던 것이다.

어느 날, 그 청년 어머니는 아들과 함께 시장에 간 일이 있었는데, 이때, 아들이 지나가는 사람을 보더니 그 사람이 앞으로 어떻게 될 것이라는 말이 입속에서 터져 나왔다. 그 날 이후 소문이 나서 한 명 두 명……. 사람들이 청년을 찾아와 묻기 시작하여 결국 청년은 점사를 보기 시작했고, 무속인으로 살아가게 되었다. 기생 혼이 들어간 탓인지 점사를 볼 때는 여자 한복을 늘 입었고 목소리도 여자 목소리였다. 무속인으로서의 생활은 그렇게 계속되었고 용하다는 소문이 전국에 날 정도였다.

1999년 9월 달쯤 되었으니, 그때 나는 매일 사찰에 가서 새벽 불공을 올리고 있을 시기였다. 죽어라 하고 공들였지만 마음처럼 쉽게 이뤄지지 않은 일이 한 가지 있었다. 내 모습을 지켜보던 그 절의 공양주가 나에게 조심스럽게 말을 건넸다.

"보살님, 여기 절 공양주로 오기 전에 제가 모시던 선생님이 한 분 계십니다. 그분이 무속인이지만 점사를 잘 봐서 도움을 받은 이들이 적지 않습니다. 보살님의 답답한 심정을 제가 그 분께 여쭤 볼까요?"

나는 공양주 할머니의 말은 고맙지만 썩 마음에 내키지 않았고, 내 힘으로 공을 들여 해결되지 않으면 사람의 힘으로는 해결되는 일이 아니라는 것을 이미 알고 있었기 때문이다. 왜냐하면 나 역시 미래에 관하여 나에게 물으러 오는 사람들이 있었다. 공양주 할머니가 내게 그렇게 물은 것은 그 사실을 몰랐던 이유도 있었다. 그런데 내가 아무 말이 없자 공양주는 전에 모시던 그 선생을 찾아갔지만 이미 그 때는 그 무속인이 죽은 지 며칠 안 되었다고 한다. 나는 그 말을 듣고 법당에서 앉아 있는데, 공양주가 말한 그 사람의 혼백이 눈앞에 보였다. 그 혼백은 무슨 이유인지 저승에 가지 못하고 구천을 떠돌아다니며, 자신과 교감할 사람을 찾고 있었는데, 이때 나한테 온 것이다. 그리고 내 육체로 들어오려고 하였다. 나는 그 낌새를 알아챘고, 그를 보고 큰소리로 말하였다.

"네가 감히 여기가 어디라고 오느냐? 내가 누군 줄 알고, 내 몸에 함부로 들어오려 하느냐? 네 구천을 떠돌지 말고 갈 길로 가거라."

나는 호통을 쳤고, 자신 만만하던 그 무속인 영혼은 아무 소리도 못하고 나를 떠나갔다. 그 뒤로는 내게 두 번 다시 나타나지 않았는데, 그 무속인 영가의 과거를 내가 알게 된 것은 그 공양주할머니가 나에게 그가 죽기 전에 설명을 해준 것이다. 그 공양주 할머니는 나에게 이렇게 말을 하였다.

"내가 모시고 있던 그 무속인 선생님보다 보살님이 모시고 있는 신이 더 높은가 보오. 그러지 않고서야 그 선생의 혼백이 순순히 물러날리 없기 때문이오."

　세상일의 선택은 자신이 하는 거지만 영적 세계에서 산 사람을 보호하고 지켜주는 것은 하늘이 허락하시는 것이다. 산 사람이 빙의가 되는 것은 자기 자신을 영혼으로부터 지키지 못하여 허한 탓이고, 또 전생에 악연으로 인한 이유도 있고, 금기시하는 것을 무시하고 함부로 다룬 탓도 있는 것이다. 그리고 자신이 기억하기도 힘든 시절에 어떤 능력을 달라고 청해서 그걸 알고 영혼이 달려드는 경우도 있는 것이다.

종교적 열정이 있다한들 도를 터득하기 어렵고 인간적 열정이 있다한들

죄 또한 버리기 어렵다.

세상살이에는 벗과의 친함으로 서로 이익을 도모하지만 탐욕에서 갈등하고,

좋아하고 즐거워도 근심과 두려움은 생긴다.

가장 길하고 가장 위인 것.

오직 홀로 이것을 가지려하나 남한테 구한다는 것은 어리석은 일.

누구라도 마음을 대상을 위해 강제할 수 없는 일이므로

기다림도 참는 것도 이 마음이라.

스스로 마음을 지키고 염려하면 위태로움과 애착에서 벗어나고

절실하게 원한다 해도 내가 지은 선업이 없으면 지금 이루지 못할 것이니

쌓은 덕이 없으면 오직 믿고 자비심으로 구함이라.

지금 내 검은 머리카락에 흰털이 생겼으니 도둑처럼 하늘 사자가

찰나 어느 시각에 부를지 알 수 없는 일.

눈으로 하늘을 바라보니 해는 밝아서 좋은데

달은 이 마음의 억눌렸던 눈물만 차오르니 마음이 물체를 따라감인가?

 옛날에 유명한 명필이 있었습니다.

그 사람이 죽은 후에도 사람들은 많은 세월이 지난 후, 그런 명필이 있었다고 말합니다.

지혜가 머무는 곳은 어디일까요?

또 바람이 머무는 곳이 어디일까요?

지혜와 바람이 머무는 곳은 몰라도 실제 한다는 것은 누구나 압니다.

이와 마찬가지로 초자연적인 무엇인가를 본 사람은

그것에 대한 확신을 갖고 미래를 준비합니다.

사람은 하늘을 모르지만 하늘은 사람들의 생각을 훤히 알고 있습니다.

사람들은 말합니다.

미래에 일어날 일들을 미리 볼 수 있다면 대처할 텐데 하고 말입니다.

그러나 반면에 부작용도 속출할 것입니다.

사람들의 끝없는 욕심과 욕망에 사로잡힐 수도 있기 때문입니다.

이 세상에 선과 악이 공존하는 이상 인간은 최대한 이것을
이용하려하기 때문입니다. 개인의 마음이 악으로 갈지
선으로 갈지는 자신도 모르기 때문입니다.

그러니 때가 되어서야 필요할 때 일러주는 것이 현명하겠지요?

이 세상에 있는 모든 의약을 다 알고 있는 의사는 없습니다.

의사는 사람이 병들었을 때 환자에게 투약합니다.

똑같이 환자에게 투약해도 사람에 따라 회복속도가 달라지는 것
과 같은 이치입니다.

어쩌면 하늘의 뜻은 인간의 운명을 관장하면서 숙명으로 어떻게
받아들이고 선택을 하느냐에 따라 미래를 판단해 결정해나가는 것
일 수도 있습니다.

생급살 生急煞

하늘의 영들이 정해진 날에 모여서 회의를 하기에 이르렀다. 그 내용은 지상을 돌아보고 사람들의 행복과 불행을 관장하고 세상을 돌아보는 영들의 회합이었다. 회합을 지켜본 신이 그들에게 하는 말이 있었다.

"너희는 세상을 돌아보고 의인을 찾았느냐?"

그러자 그들 중 누군가가 말하였다.

"예. 찾았습니다. 욥이라는 사람입니다. 하지만 그는 당신이 축복을 내려주기에 아무 걱정 없이 축복을 받으며 행복하게 살고 있는 것이지 이제 그가 하루아침에 가진 것을 잃어버리면 아마 신을 원망할겁니다. 그러니 그를 한 번 시험해 보시지 않겠습니까? 결국 그도 나약한 인간일 뿐입니다."

이때, 신이 영들에게 이렇게 말했다.

"좋다. 너희가 한 번 시험해보아라. 하지만 그의 목숨만큼은 허락치 않으니 손대지 말라."

신의 말이 끝나기가 무섭게 영들이 세상에 내려왔다. 이때, 욥은 어느 때와 마찬가지로 이웃 사람들과 함께 잔치를 하면서 흥을 돋우고 있을 때였다. 그때, 한 하인이 달려왔다.

"제가 몰던 가축들이 다 도둑을 맞았습니다."

또 조금 있으려니 일꾼 하나가 달려왔다.

"수확할 농작물을 강도가 들어 다 강탈해 갔습니다."

또 낯선 사람이 하나 찾아와서는 욥에게 말했다.

"갑자기 날씨가 안 좋아지더니 돌풍이 불어 당신 딸과 자손들의 집이 무너지는 바람에 다 깔려 사고로 죽었습니다."

이때 욥은 밖으로 뛰쳐나가 하늘을 우러러 보고 입고 있던 옷을 찢어버렸다. 그리고는 두 팔을 벌려 하늘을 향해 울부짖었다.

"하늘이시여, 제게 한꺼번에 이런 고통을 주시나이까?"

그 후 집으로 들어가서 두문불출 방에서 나오지 않고 있다가 마음을 가라앉히고 있을 때, 말이 없던 아내가 욥을 닦달하며 말했다.

"당신이 그렇게 찾던 신이 이제는 당신이 필요 없는가 보죠? 신이 당신을 버렸나 봅니다."

욥이 잠시 생각하더니 아내에게 말했다.

"신이 축복으로 주신 것. 이제는 모두 거두어 가시겠다는 데 내가 무슨 할 말이 있겠소? 그 분 뜻에 따를 수밖에……."

그날 이후, 친분이 있던 이웃들이 욥에게 찾아와서 많은 위로를 해주었다. 그리고 또다시 여러 날이 지났다. 때가 되어 하늘의 영들이 다시 모였다. 신이 영들에게 말했다.

"그래, 욥을 너희들은 지켜보았겠지. 모든 것을 다 잃고도 나를 원망하지 않는 걸 보면 그는 과연 의인이로다."

그러자 그들 중 하나가 말했다.

"그의 몸을 한 번 쳐보십시오. 뼈와 살을 치면 이번에는 신을 원망할 겁니다."

그러자 신이

"좋다, 이번에는 그의 뼈와 살을 한번 쳐 보거라. 그러나 그의 목숨만은 안 된다."

말이 끝나기 무섭게 영들이 이번에는 욥에게 온몸에 종기를 앓게 하였다. 몸에는 피고름과 진물이 낭자하였고 갈수록 더 심해지자 멀리서 그의 친구들이 찾아와 겉으로는 욥을 위로했지만 속마음은 욥에 대한 의심을 품기 시작했다. 욥에게 친구들이 말했다.

"자네가 신을 공경하며 살았다하지만 필시 아무도 모르는 죄를 짓지 않고서야 어떻게 이런 벌이 내릴 수 있단 말인가? 지금이라도 우리

116

에게 고백해보게나."

친구들의 말을 들은 욥이 화가나 소리쳤다.

"내가 살아온 세월 속에 맹세코 그런 죄를 범한적 없네. 자네들은 지금 내 입장이 아니라고 어떻게 말을 함부로 할 수 있는가? 그런 말 하려거든 당장 돌아가게!"

욥의 말에 친구들은 그래도 돌아가지 않고 의리를 지킨답시고 곁에서 머물렀다. 하지만 사실은 그들 마음속에 다 잃은 욥이 어떻게 되어 가는가를 지켜볼 심산이었다.

이때 욥이 깨달은 것은 모든 것이 있을 때와 없을 때에는 세상인심이 확연히 달라진다는 것을 알게 된 것이다. 그리고 모든 것을 다 잃었을 때에는 곁에서 아무도 자신의 말을 믿지 않는다는 것을 깨달았다.

오로지 자신만이 고통 속에서 버텨 내야 했고 자신의 힘으로는 아무것도 할 수 없다는 것을 또한 알게 되었다. 그리고 하늘을 우러러 자신의 처지를 여쭤 보고 신과의 기도로써 소통하는 일 뿐이라는 것을 알았다. 이때부터 욥은 끊임없이 신을 향하여 한탄한다. 그러기를 달이 가고 해가 갔을까. 그는 기도의 응답을 받는다. 신이 하는 말은 세상의 풀 한포기라도 한 줌의 흙이라도 네가 이룰 수 있는 것은 하나도 없다는 것을 깨우쳐 주었고, 이때 욥이 자신의 오만함에 대하여 뉘우치고 회개하게 되어 자신이 너무 주제넘었음을 신에게 고백하였다. 때가 되어 하늘의 영들이 다시 모였다. 신에게 영들이 말했다.

"우리가 졌습니다. 그는 과연 세상에서 으뜸가는 의인입니다. 다 잃었음에도 불구하고 신을 원망하지 않았습니다. 오히려 자신을 탓했고 그는 회개할 줄 아는 유일한 인간이었습니다."

이후 욥은 더 큰 축복을 신에게 받았다. 전보다 더 많은 자식을 낳았고 재산도 엄청나게 많이 불어났다. 이 모든 축복을 신이 주셨던 것이다. 욥을 시험했던 영들은 바로 사탄이었던 것이다.

사람은 누구나 다 살아가는데 있어서 비슷한 것처럼 보여도 만나는 인연에 따라서 삶이 달라지는 것이다. 특히 어떤 계기로 인하여 삶이 바뀔 때는 우리 자신도 모르는 사이에 보이지 않는 영들은 방편을 만들어 사람을 끌어들인다. 이 힘을 거부할 수 없는 것이 사람이다.

예전에 나는 알 수 없는 병에 시달려야 했다. 허리부터 하복부 중심으로 처음에 종기가 하나둘 나고 날이 갈수록 그것이 새끼 치듯이 여러 개로 늘어나더니 수 십 개로 계속 번져가더니 곪았다. 매일 같이 곪은 종기를 곁에서 사람이 짜줘야 했고 약을 바르고 나면 그 다음날 그 옆에 부위가 또다시 곪았다. 오죽하면 이 모습을 곁에서 지켜보던 시어머니께서 하시는 말이 있었다.

"팔십 평생을 살아도 너같이 종기가 그렇게 많이 솟는 건 처음 본다. 이건 사람이 죽으라는 거지 어찌 이럴 수 있나?"

나를 볼 때마다 시어머니는 한숨을 푹푹 쉬셨다. 병원에도 가보고 한의원에도 가보고 여러모로 치료도 해보고 약을 먹어보고 했지만 원인이 밝혀지지 않았다, 그렇게 되기를 몇 개월이 지나갔다. 그동안의 불편함은 이루 말할 수 없었다. 앉지를 못하고 서서 움직여야 했고 잘 때도 똑 바로 자지 못했다. 종기부위가 그 만큼 너무 쑤시고 아팠기 때문이었다.

어느 날인가 전혀 친분이 없는 사람인데 나를 찾아왔다.

"그 종기 말인데요. 대연동에 있는 절에 가면 주지 스님이 고친답니다. 거기 한 번 가보시죠."

나는 고맙다는 인사를 하고 반신반의하는 마음으로 며칠 후 그 절을 찾았다. 주지 스님이 내 몸의 상태를 보고 약을 지어 주었는데 아무런 차도가 없었다. 그리고 여러 날이 흘렀다. 다시 절을 찾아가서 아무 효과가 없었다고 말씀을 드리니 내 얼굴을 뚫어져라 쳐다보시고는

"당신 병은 당신이 고치시오. 내일부터 내가 머무는 이곳에 오지 말고 법당으로 바로 올라가 부처님만 뵙고 가시오."

이 말씀 뿐이었다. 그 이튿날 나는 매일 같이 영문도 모른 채 주지 스님을 찾지 않고 법당으로 바로 올라가 그냥 불상만 바라보고 홀로 앉아있었다. 한 시간이고, 두 시간이고. 그 다음날도, 또 그 다음날도……

그러기를 달포가 지나서야 거짓말 같이 종기가 서서히 가라앉기 시작했다. 더 이상 곪지 않고 나지도 않았다. 거짓말 같이 그렇게 약도 쓰지 않고 나았던 것이다. 그 날도 아침에 집에 나서려는데 큰딸이 꿈을 꾸었다고 말했다.

"엄마, 이상한 꿈을 꿨어요. 엄마가 다니는 절에 주지 스님이 법당에 앉아 있는데 갑자기 요괴(마구니)들이 법당에 대여섯 나타나더니 법당에 앉아계시는 스님께 와서는 '오늘은 로사라는 사람이 옵니까?' 하고 묻자 주지 스님이 요괴(마구니)들에게 '내가 어찌 아느냐.'고 말하니 요괴(마구니)들이 '오늘은 로사가 안 온다. 우리들 세상이다.' 하면서 법당 안을 날뛰었어요. 한참 그러고 있는데 엄마가

법당에 나타나자 주지 스님을 보고 요괴(마구니)들이 따지듯 말하는 것이에요. '아니, 오늘은 로사가 안온다고 하지 않았소?' 그러자 스님이 '왔는데, 난들 어쩌란 말이냐.' 그러자 그 요괴(마구니)들이 실망스러운 표정을 지으며 다 사라졌어요."

이때부터 그 날 이후 우여곡절을 겪으면서 나는 그 스님의 제자가 되었다. 이렇듯 나 자신도 모르는 세계의 영들은 산 사람들에게 보이진 않지만 끝없이 주시하고 있다는 걸 염두에 두어야 한다. 그러면 삶에 대해서 좀 더 진지해지지 않을까 한다.

大 재난 앞에선 속수무책입니다. 동서남북 그 어디에도 피난처는 없습니다.
차라리 자연 앞에서 숙연해지기까지 합니다.
지금 모두에겐 힘을 얻을 수 있는 에너지가 필요합니다.
앞으로 살아갈 날들을 위해 당신은 남은 생을 어떻게 그리고 있나요?
자신을 변화시키고 인생을 바꾸기도 하는 그런 에너지는 무엇일까요?
당신이 생각하고 있는 에너지는 어디서 나오게 될까요?

마음은 들어오고 나감이 아니요, 오직 내안에 스스로 존재함이라 본래 그대로 있을 뿐 사람이 생각이 많아져 마음자리를 찾지 못함이라…….

마음과 말, 행동, 이 세 가지는 현실에서 가장 중요한 역할입니다. 마음먹기 따라서 삶이 달라질 수 있으니까요.

인격의 대상이 기대치에 어긋나면 그의 말과 행동에 따라 세인들의 입방아에 지탄을 받기도 합니다.

마음은 실체가 없기 때문에 매 순간 변하는 뜬 구름과도 같지요.

세월 속에 쌓아왔던 심성도 대상에 따라 아무것도 아닌 것처럼 무너져 내릴 수 있는게 또한 마음입니다.

강물을 막을 수는 있어도 사람의 말과 마음을 막을 수는 없겠지요. 세상에 좋은 것이 많다한들 내 마음이 미치지 못하면 다 소용없는 일이지요. 사후에 육신은 벗어나도 가지고 갈 수 있는건 마음입니다. 이 마음에 따라 다음 인연이 정해집니다.

내 마음이 지금 어디에 머물고 있나요?

저마다 자신은 소중하다고 생각하면서 나와 부딪치는 대상들을 마음대로 저울질 하고 있지는 않나요?

세상인심에 따라 속수무책으로 따라가는 그 마음에 가슴이 아려옵니다.

선업善業과 악업惡業

  석가모니 부처님 열반 후, 그의 제자들은 부처님 사리를 수습하여 탑을 세워 모시기로 하고 동분서주 뛰어다니면서 탑을 건립하려는 준비에 바빴다. 그러나 탑을 세우려는 공사는 더디기만 했다. 근처 숲에서 살고 있는 수 백 마리의 원숭이들이 이 광경을 지켜보고 있었다. 그러다가 우두머리 원숭이가 장난기가 발동하여 원숭이 무리들보고 말했다.

  "우리도 똑같이 사람들이 탑을 세우는 것처럼 한 번 해보자."

  라며 우두머리 원숭이가 그들 무리를 선동하였다. 그리하여 숲 근처 개울가에서 크고 작은 돌들을 모으기 시작했다. 사람들이 하는 것처럼 돌탑을 쌓고 여러 날이 지나, 우기 때 쯤 되어 돌탑은 완성되었다. 원숭이들은 우두머리를 중심으로 돌탑을 향하여 스님들이 하는 것처럼 탑을 향해 절을 하는 의식을 흉내 내었다. 저희들끼리 기분이 좋아서 춤을 추고 탑을 돌며 뛰놀았다.

원숭이들이 기분이 좋았던 이유가 있었는데 사람들이 세우는 탑은 여전히 완성이 안 되었고 원숭이들이 쌓은 탑은 완성이 되었던 것이다. 인간들보다 자신들의 재주가 우월하다는 생각에 기분이 좋았던 것이다, 그렇게 한참을 흥에 겨워 도취되어 있을 때 우기 때라 엄청난 비가 이 산간 지방에 내렸다. 그리고 산기슭에서 내려오는 물길 따라 냇물이 불어나고 산사태가 일어나는 바람에 원숭이들이 모두 물살에 휩쓸려 한 곳에서 다 죽어버렸다. 그리고 여러 날이 지났는데, 냇가에 원숭이들 사체들이 여기저기 방치된 상태로 널려 있었다.

이때, 하늘에서는 유심히 이 광경을 지켜보는 이들이 있었다. 그들은 천인들이었는데 자신들이 천인으로 태어난 이유가 궁금하였다. 이 마음을 알고 하늘에서 천인들을 향하여 천둥이 치듯 큰 소리가 울렸다.

"세상 저 아래를 내려다보아라. 오백 마리의 원숭이 사체가 있지 않으냐? 원숭이들의 영혼이 너희들을 천인으로 환생하게 한 것이다. 돌탑을 세웠던 그 공덕으로 말미암아 이렇게 하늘에 환생하게 된 것이다. 그 만큼 부처님을 향한 공경은 비록 흉내를 내었을지라도 큰 공덕이 되는 것이다."

이때, 천인이 된 원숭이가 세상을 내려다보니 돌탑을 쌓고 있는 인간들의 모습이 보였다. 그들은 여전히 언제 완성될지 모를 탑을 계속 쌓고 있는 것이 아닌가. 인간들을 깨우쳐 주려고 하늘에서 천인들이 세상에 잠시 내려와 자신들의 원숭이 시신을 수습 했고 멀리서 이 광경을 지켜보던 부처님 제자 하나가 혜안으로써 이들을 관하고 크게 깨달았다 한다.

그리고 얼마 떨어지지 않은 곳에서는 그 지역을 다스리는 왕이 있었다. 이 궐 안에는 코끼리 한 마리가 있었는데 죄인을 사형시킬 때, 이 코끼리는 죄인을 발로 밟아 질식시켜 죽이는 도구로 길들여졌다. 이 코끼리 발밑에서 죽어간 사형수들이 헤아릴 수 없이 많았는데 코끼리의 눈빛만 봐도 사람들에게 공포의 대상이 되었다. 왕은 나라에서 전쟁이 있을 때 마다 코끼리를 전장 앞에 세우고 방패로 삼았다. 잘 길들여진 습성은 고쳐질 수가 없었는데, 어느 날, 코끼리가 거처하는 곳에 불이 났다. 놀란 코끼리는 울부짖었고, 병사들이 재빨리 코끼리를 쇠사슬로 묶고 코끼리의 거처가 다시 마련될 때까지 임시로 왕궁에서 좀 떨어진 어느 사찰 옆 공터에 묶어놓았다. 그리고 코끼리의 거처가 다 지어질 무렵 코끼리를 데려와 전처럼 길들이려 했지만 코끼리는 왠지 말을 듣지 않았다. 사형을 집행할 때에도 사람을 밟기는커녕 오히려 사람이 다칠 까봐 옆으로 비켜서 피해 가곤 했다. 아무리 채찍질을 하고 때려 봐도 말을 듣지 않았다. 이를 이상하게 여긴 왕이 신하들과 의

논을 하게 되었는데 한 신하가 왕에게 아뢰었다.

"왕이시여, 제가 보기에는 코끼리가 절 공터에 있을 때 아침저녁으로 스님들의 예불소리와 법문을 듣고 깨우친 듯합니다. 그 절에는 도력이 높은 스님이 계신 걸로 알고 있습니다. 그리하여 코끼리가 변화된 것 같습니다. 코끼리를 이번에는 가축을 도살하는 도축장 옆에 얼마간 있게 하십시오. 그러면 전처럼 사형을 집행하는 습성이 나오게 될 것입니다."

왕이 이 신하의 말을 듣고 도축장 옆에 코끼리를 지내게 하였더니 다시 전처럼 행동하게 되었다. 이렇듯이 습성이라는 것은 아주 무서울 때가 있다. 좋은 습성과 나쁜 습성은 훈련을 통해서도 바뀌지만 어떤 환경에 처해 있느냐에 따라 달라지는 것이다.

듣고도 생각하지 않으면 밭에 씨를 심지 않음이요,
생각하고도 실행하지 않는다면 뿌린 씨에 정성으로
돌보지 않아서 결실을 맺지 못함이요.
배우면서 생각하지 않으면 금방 잊어버림이요,
생각하면서 배우지 않으면 모든 것이 헛수고 이니라.

이 도리를 알고 실천하는 것이 지혜이다.

 방편이란 뜻을 아십니까?

성서나 불교 경전을 보면 사람들에게 그 시대에 맞게 옳고 그름을 판단 할 수 있도록 가르쳐 주는 방법들이 있습니다. 방편이란 사람들의 높고 낮은 사회적 위치와 상관없이 각자의 성향에 따라서 알아들을 수 있도록 도와줍니다.

지혜와 방편은 같은 맥락 같지만 사람이 살아가는데 오히려 더 쉽게 사람마음을 빨리 깨우치고 스스로 마음을 움직이고 행동하게 만드는 것이 방편입니다. 나 자신에게 주는 방편으로는 어떤 것이 있을까요?

혼자서는 절대 깨치지 못하는 것이 또한 방편입니다. 지금 이 순간 나에게 방편으로써 내 삶을 일깨울 사람이 누구인지 생각해보십시오.

타인의 모습에서 내 모습을 비춰 보는 것이 세상의 이치인 것입니다. 이것이 방편이자 진실입니다.

펠리컨^{pelican} 둥지

평범한 집안에 세 딸이 있었다. 위의 첫 째와 둘째는 중매결혼을 했고, 막내만은 어렸을 때부터 무척이나 친했던 소꿉친구가 있었는데, 그 마음이 그대로 성인 때까지 이어져 결혼으로까지 갔다. 그 집의 세 딸들은 나이가 한 해 터울이었고, 셋 다 결혼 시기도 비슷했다. 큰 딸이 서울에서 살았고 둘째는 외국에 나가 살았다. 자매들이 각기 서로 떨어져 살았기에 결혼 후에는 자주 만날 수가 없었고. 명절 때가 되어서야 서로 얼굴이나 겨우 볼 수 있었다. 딸들의 부모는 이미 나이 많은 탓에 병치레가 잦았고. 부모는 자주 볼 수 없는 딸들을 그리워했다.

이런 마음을 알게 된 큰 딸이 남편을 설득하여 부모님과 함께 살게 되었다. 이 소식을 듣게 된 둘째도 고국으로 돌아와 큰 딸 근처에서 살게 되었고. 막내딸만 좀 떨어진 곳에서 살았다. 해마다 세 딸들이 명절 때면 큰 딸 집에서 지내게 되었는데, 막내딸이 어느 해부터인가 친정집에 오지 않았다. 걱정스럽고 궁금한 마음에 부모는 막내 딸 집에 가보기로 하고 길을 나섰다.

그런데 막내딸이 사는 그 근처 가게에서 부모는 이상한 소문을 듣게 되었다. 여기저기 수군거리는 사람들의 얘기를 들어보니 막내딸의 얘기이었고, 내용인즉, 막내딸이 남편과 크게 다투어 남편이 집을 나간지 꽤 오래되었다는 이야기였다. 부모는 그렇지 않아도 결혼 초부터 막내딸의 모습이 매우 초췌하고 불안했었다. 막내의 남편이 될 사위가 너무 가진 것이 없었고 뚜렷한 직장이 없이 여기저기 자주 옮겨 다녔던 것이다. 어렸을 때부터 그를 보아온 터라 인간성 하나만 믿고 결혼을 허락했지만, 막내딸이 사는 모습은 늘 불안하기만 했다. 설마 했던 생각이 현실이 되면서 막내딸이 측은하게만 여겨졌고, 어쨌든 막내 딸 집에 도착하니 허술한 담벼락 너머로 집안의 작은 마루에 딸이 멍하니 어딘가 한 곳을 응시하고 있었다. 대문을 여는 소리에 화들짝 놀란 딸이 나오면서 부모를 맞이했고, 애써 아무렇지 않은 척하고 있었다. 그 모습에 부모의 마음은 찢어지는 듯 했다. 혼자 딸을 그 곳에 놔둘 수가 없어서 그녀를 데리고 서울로 돌아왔다.

그리고 근처에 작은 방을 하나 얻어주고 살게 하였는데, 혼자서 자립하며 살아보라고 하였지만 늘 궁색하기만 한 살림살이였다. 이 모습을 본 어미가 안타까워하면서 막내딸을 자주 집으로 불러들였다. 그리고 집안에 큰 딸과 사위가 없을 시간이면 쌀이며 반찬이며, 과일 등 갖가지 음식들을 몰래 챙겨 주며 딸과 사위가 오기 전에 얼른 집으로 돌려보내곤 했다. 이런 일을 전혀 모르고 있는 큰 딸은 어미를 믿고 살림을 모두 맡겼다.

막내딸은 이젠 어미에게 모두 의지하게 되었고 큰 딸 집에서 했던 것처럼 둘째 딸 집에 가서도 작은 딸 몰래 어미는 막내에게 줄 양식을 챙겼다. 이러기를 수년이 흘렀고, 큰 딸과 작은 딸이 나중에 사실을 알고 난 뒤에도 그 어미는 끊임없이 막내딸에게 몰래 챙겨주었다. 그 어미는 큰 딸과 작은 딸에게 미안한 감이 전혀 없었고, 형제니까 당연히 도와주어야 되는 게 아니냐고 딸들에게 오히려 큰 소리를 쳤다.

어느 해부터인가 시장가는 길이 힘들어지면서 날이 갈수록 그 어미는 기운이 소진했고 끝내는 병석에 누워 일어나지 못하였다. 비몽사몽 간에 그 어미는 누군가 옆에서 흔들어 깨우는 기척을 느껴 눈을 떠보니 저승사자였다. 일어나지 않으려 애를 써보았지만 누군가가 억지로 밀어내 듯 자신의 몸에서 뭔가가 빨려나가는 듯 느낌을 받았고, 어느새 집을 떠나 저승사자에 이끌려 알 수 없는 곳으로 가고 있었다. 끝도 없는 길을 한없이 가다가 넘어졌는데 앞서가는 저승사자는 빨리 가자며 재촉만 할 뿐 다른 말이 없었다. 또 다른 곳으로 한 참을 가다가 험하고 험한 황량한 곳에 들어섰는데, 너무 목이 말라 저승사자에게 목이 마르다 하니 듣는 척도 하지 않고 앞서가기만 했다. 가면서 원망스러운 마음이 들어 저승사자에게 질문을 하였다.

"여보시오. 아무리 냉정하다 한들 이승에서 저승으로 가는 통로가 얼마나 험하고 험한 줄 모르지만 이렇게 까지 길 줄은 몰랐소. 내가 아무리 죄인이지만 물 한 모금에 목을 축여줄 수 없단 말이오?"

그러자 저승사자가 말했다.
"저승길이 많지만 하필 너는 왜 이렇게 험한 길로 돌아서 저승길을 가는지 아직도 모르겠느냐? 너는 살아생전 도둑질을 했기 때문에 이 고통을 받는 것이다."
이에 놀란 그 어미가 말했다.
"내가 세상에 태어나 살면서 남의 물건에 욕심 낸 적도 없고 훔친 일도 없는데 어찌하여 내가 도둑이란 말이오?"

그러자 저승사자가 말하기를…….
"네가 낳은 자식이라고 딸들 집에서 몰래 막내딸에게 양식을 챙겨준 건 도둑질이 아니었더냐? 너는 양심의 가책도 없이 당연한 듯 물건을 빼돌렸지 않느냐? 부모와 자식간이라 하더라도 저승에서 볼 땐 도둑질이다. 너는 한 번도 그 일에 대하여 뉘우침이 없고 오히려 막내딸에게 도둑질을 가르쳤다. 너의 막내딸은 살아생전에 네가 했던 행동을 그대로 세상에 살면서 남은 생을 그렇게 살게 될 것이다. 이제 네가 자식에게 무엇을 가르쳤는지 지금이라도 알아야 할 것이다. 안타까운 것은 네가 살아있을 때 어떤 형식으로든 참회했어야 했다. 그런데 너는 그 기회를 잃고 말았다. 이제 후회해본들 소용이 없는 것이다."

　그러자 어미가 저승사자에게 말했다.
　"나는 내 자식이니까 그것도 죄가 되는 줄 몰랐소."
　이때, 저승사자가,
　"무지한 것도 죄이니라."
　그 순간 갑자기 없던 쇠사슬이 이 어미의 손과 발에 묶여졌다. 그리고는 끝도 없는 어두운 곳에 갇힌 신세가 되고야 말았다. 그 곳은 흑암지옥이었던 것이다. 어느새 저승사자는 온데간데없이 사라졌고 어디선가 천둥처럼 울리는 소리가 있었다.

　"너의 행동이 많은 세상 사람들에게 알려져서 본보기로 그들에게 깨우침을 줄 것이다. 그러니 너는 그 곳에서 지내다가 혹여 너를 잊지 않고 딸들이 너를 위해 의로운 일을 남은 생 동안 하게 된다면 다음 생에는 빛을 볼 것이다."

20여 년 전에 나에게 이런 일이 있었다. 새벽녘이었는데 잠시 눈을 감고 있었을 때였다. 내 딸들을 누군가가 어디론가 데리고 가려 차를 태우고 있었다. 순간 멀리서 나는 그 광경을 지켜보고, 불안한 생각이 들어 딸들을 돌려달라고 소리를 질렀다. 주위 사람들에게 누군가가 내 딸들을 데리고 간다며 도움을 요청했지만, 아무도 도와주지 않고 관심이 없는 듯 힐끔 힐끔 쳐다보기만 할 뿐이었다. 나는 너무 다급해서 하늘을 향해 간절히 애원했다.

"하늘이시여, 제발 내 딸들을 돌려보내 주십시오. 딸들이 낯선 사람을 따라가고 있습니다. 사람들이 저를 도와주지 않습니다. 저를 불쌍히 여기시어 자비를 베풀어주소서."

이렇게 기도를 하자 하늘에서 말소리가 들려왔다.

"로사야. 네가 세상에 살면서 사람들에게 이익이 될 수 있는 일을 한 적이 없는데 무엇으로 너를 돕겠느냐?"

그 때, 내가 그 말을 듣고 말했다.

"다른 사람의 기도로 행한 몫을 저에게 빌려주십시오. 그렇게 해서라도 내 딸들을 구해주십시오. 제가 갚겠습니다."

그렇게 말하고는 엉엉 울었다. 그리고 눈을 떴는데 날이 밝아오고 있었다. 그래서 그런지 그런 일이 있고난 뒤 지금까지도 아무 별탈이 없이 딸들은 성장했고, 나는 그 몫에 대한 빚을 졌으니 살면서 어떤 형식으로든 갚아나가려고 한다.

그리움도 보고픔도 간절한 바람도 그 어느 것도 버릴 수 없는 감정들인 것을….
하나 둘 쌓여서 자신만의 삶의 가치를 만들어 갑니다.
억지와 무리가 아닌 그렇다고 목적이 될 수없는 마음이라면
오히려 심신은 편할 겁니다.
위기가 닥치면 상황을 어떻게 대처하는 데에 따라서
삶의 결과가 달라 질 수 있겠지요.

중국의 산에서 오랜 세월을 지내다 잠시 하산한 선사가 있었습니다.
이 기회를 놓칠새라 많은 사람들이 찾아와 선사께 질문을 했습니다.

"어떻게 살아야 모든 것을 알 수 있고, 할 수 있는 도의 경지에 이르겠습니까?"
선사의 대답은 "네 형편대로 해라"는 말이었습니다.
그리고는 선사는 깊은 산중에 들어가 세상 밖으로
두 번 다시 나오지 않았습니다.

하늘에서 비가 내리면 자연은 똑같이 비를 맞아도 물을 흡수하는 기능은 제각기 다릅니다.

거목들은 물을 많이 빨아들여 저장하지만 작은 식물들은 제각기 뿌리에 영양을 필요한 만큼만 빨아들입니다.

자연은 크고 작음에 상관없이 숲을 이루고 어우러져 살아갑니다. 지금 우리가 사는 모습도 자연과 같은 모습을 닮지 않았나요?

지금 우리는 살아남기 위해 아니면 어떤 뜻을 이루기 위해서…….

생각하고- 결정하고- 행동하고- 성과에 기대하고-

경쟁력에 밀려서 실패에 대한 두려움에 하루 대부분의 시간을 초조하게 보냅니다. 이 모습이 우리의 현실입니다.

그러나 세상에는 우리 눈에 비춰지는 소수의 성공한 사람보다 무한한 잠재력으로 보이지 않는 것을 발휘하는 많은 사람들의 힘이 더 큰 법입니다.

세상은 이들의 힘으로 돌아갑니다.

바다 위에 떠있는 배는 흔히 볼 수 있지만 바다 속에 던져진 그물은 건져 올려 봐야 물고기를 볼 수 있는 이치와 같습니다.

당신이 세상을 판단하는 사고력에 따라서 살아가는 힘을 얻을 수도 있고 절망을 생각할 수도 있기 때문입니다.

낚시꾼과 돌섬

　바다낚시를 취미로 하는 동호회가 있었다. 날을 잡아 한 달로 치면 집에 들어가는 횟수 보다 낚시를 하느라 바다에서 지내는 시간이 더 많을 정도로 낚시 광인 사람들이었던 것이다. 이들은 계절에 관계없이 우리나라 지도에도 나오지 않는 작은 섬들까지도 배를 타고 낚시를 갈 정도였다. 주변에서 때로는 간간이 들리는 말이 갑작스런 파도에 갯바위에서 낚시를 하다보면 사람들을 집어삼킬 때도 있지만 손끝에 느껴지는 낚시의 손맛은 그런 일쯤이야 하고 넘길 정도로 그만큼 낚시의 유혹은 갈수록 커져만 갔다.

　어느 때인가 이들이 언제나 마찬가지로 작은 섬에 도착하여 제각기 낚시 장비를 풀고 바위근처에서 곳곳에 자리를 잡고 낚시를 하고 있을 때였다. 미처 예상하지 못했던 일이 일어나고 말았는데, 갑작스런 거센 태풍으로 인하여 배가 뜰 수 없어서 육지로 다시 돌아갈 수 없었던 것이다. 할 수 없이 섬 근처에 이들은 민가를 찾아보기로 하였다. 그런데 뜨문뜨문 떨어져 있는 집들에는 너무나 조용했고, 동네에는 남자들만 보이고 여자들은 보이지 않았다. 이상한 생각이 들어 이들은 문이 열려있는 한집을 발견하여 그 집으로 향했고, 한 노인을 만날 수 있었다. 이들 일행 중에 노인에게 말을 건넸다.

"우리가 묵을 수 있는 방을 빌려주시겠습니까? 저희는 낚시를 하려고 이 섬에 들어 왔는데 날씨가 좋지 않아 배가 뜰 수 없네요. 날씨가 좋아질 때 까지만 묵겠으니 방 값으로 얼마를 지불하면 되겠습니까?"

그러자 노인이,
"보다시피 여기에선 모든 것이 불편할 것이오. 이 섬엔 쌀이 귀해서 당신들에게 밥을 해줄 수 없소. 그러니 먹을 것은 당신들 알아서 하시오. 여기에서 줄 수 있는 건 고구마와 감자 뿐이오."

그렇게 말하고는 일행을 안채로 안내했다. 무뚝뚝한 노인이었기에 서로가 불편함이 없도록 더 이상 질문은 하지 않았다. 날이 저물자 배고픔에 우선 가지고 있던 비상식량으로 배를 채우고 날이 밝기를 기다렸다. 밤새도록 휘몰아치는 바람때문에 일행은 선잠으로 잔 탓에 피곤

하여 맥이 빠질 노릇이었다.

그렇게 아침이 되었지만 날씨는 좋아질 기미가 보이지 않았고, 오히려 전날보다 더 나빠진 것 같았다. 이때, 노인이 바구니에 고구마와 감자를 들고 왔다.

"오늘도 날씨가 좋지 않으니 배가 뜰 수 없겠소. 이것으로 요기하고 좀 더 두고 봅시다."

이렇게 말하고는 노인이 낚시 장비를 보고 만지작거리더니 쓰임새에 대해 묻곤 했다. 그런데 전 날 같지 않게 무뚝뚝함은 사라지고 자연스럽게 전에 알고 지내던 사람처럼 말이 많아졌다. 낚시꾼들 중 한사람이 노인에게 궁금한 점을 물어보았다.

"어르신, 어르신은 여기서 사신지 얼마나 되셨습니까? 그런데 아낙들은 보이지 않네요."

그러자 노인이 담배를 하나 달라고 하여 라이터로 담뱃불을 붙여주자 담배 한 모금을 길게 빨더니 한 숨을 쉬면서 이 섬에는 전설처럼 내려오는 사연이 있다고 말했다. 그것은 오래전 노인이 중년이었을 때 겪었던 일이라 하였다. 초창기 때 이 섬에는 섬사람들이 제법 있었는데, 섬 자체가 돌섬이고 땅이 척박하여 농사를 지어봐야 고구마와 감자밖에 심을 수가 없었고, 쌀은 재배 할 수 있는 여건이 되지 않아 육지에서 사들여야하는 형편인데 이 섬에서 태어나면 죽을 때까지 평생 쌀 한가마니도 못 먹고 죽는다 할 정도로 가난한 형편이었다. 그래서 사람들은 고기잡이로 생활을 하여야만 했다. 언젠가 그 날은 태풍의 영향으로 파도가 높아서 일주일 내내 배를 띄울 수 없어 고기잡이를 못할 시기였다.

동네 몇몇 아낙들이 태풍 뒤에 파도에 휩쓸어 오는 해초와 조개를 캐려고 바구니를 들고 바닷가 백사장으로 걸어가고 있을 때였다. 저만치서 백사장에 무언가 옷 같은 것이 널려 있는 것이 보였고, 아낙들이 궁금하여 가까이 가서 보니 웬 젊은 여자가 파도에 휩쓸려 떠내려 왔는지 엎어져 있었다. 놀란 아낙들이 흔들어보았지만, 그 여자는 신음소리만 낼 뿐 일어나질 못했다. 아낙들은 마을로 돌아가 남자들에게 도움을 청했고, 여자는 옮겨졌는데, 이틀 만에 깨어나 정신이 돌아왔다. 마을 사람들이 그녀에 대해 자초지종을 물어보니 전혀 자신에 대해 기억이 나는 바가 없고, 머릿속에는 아무 것도 없는 백지 상태였다. 하는 수 없이 그녀는 이 섬에서 살게 되었고, 섬에 빈집 한 채를 마련해 주어 그녀에게 살도록 해주었다.

그렇게 몇 개월이 지났을까, 이 여자에 대한 이상한 소문이 돌기 시작했다. 이 섬에는 손발을 다쳐 장애를 안고 살고 있는 남자들이 대 여섯 정도 있었다. 이들은 장애 때문에 결혼도 못하고 근근이 고구마와 감자 농사를 지으며 살았는데, 소문은 거기서부터 시작되었다.

처음엔 아낙들의 입소문을 통해 알려졌고, 그 소문의 내용은 밤마다 그녀의 집에 남자들이 드나든다는 것이었으며, 그 대상은 결혼을 못한 장애를 가진 총각들이라는 것이다. 소문의 진위를 알기 위해서 몇 몇 아낙들이 밤에 몰래 그녀의 집 근처에 숨어 있다가 남자 하나와 동침 하는 것을 목격하게 되었다. 그리고 이른 아침이 되어 그 여자를 몇 몇 아낙들이 머리채를 잡고 밖으로 끌고 나왔다.

"네 이년, 어디서 굴러먹다 이 섬에까지 들어와서 남자들을 홀리려 하느냐! 이 섬 남자들을 다 상대하려 하느냐. 어디서 육지에서 했던 화 냥년 기질을 여기서 하려고! 당장 이 섬을 나가거라."

아낙들이 흥분하여 여자를 질질 끌고 바닷가 근처까지 갔다. 그리고 는 여자를 혼자 버려두고 집으로 돌아왔는데, 그날 밤 엄청난 비가 쏟 아졌고 그 여자가 살던 집에는 두 번 다시 불이 켜지질 않았다.

날이 밝자 걱정 반 호기심 반으로 섬사람들과 그 여자와 동침했던 장애를 가진 총각들이 바닷가로 나가보았다. 그런데 여자는 보이지 않 았다. 자살했을 거라는 생각으로 모두 심정이 굳어져 갔고, 바위 근처를 여기 저기 살펴보았는데 한 곳을 보고 이들이 경악하였다. 그것은 꼭 그 여자를 닮은 바위 하나가 동상처럼 바위 꼭대기에 생겼던 것이다.

너무 놀라서 동네 사람들에게 이 사실을 알렸고, 그들이 확인하고는 이것이 불길한 징조일거라고 생각하면서 불안해하였다. 아니나 다를까 그 날 이후부터 동네 아낙들이 한 명씩 시름시름 아프기 시작하더니 한 해 간격으로 죽어나가기 시작했다. 폐병으로 피를 토하고 죽었거나, 갑작스런 복통을 일으켜 육지로 나가기도 전에 죽었고, 또한 사고로 죽기까지 하였다.

그런데 남자들은 죽는 일이 없었고, 그저 먹고 살기 위해서 하나둘씩 섬을 빠져나가기 시작하였다. 이 섬에 여자들이 없었던 이유가 그런 일 때문이었고, 그 당시 나이 어린 아이들도 성장하여 전부 육지로 나갔다고 한다. 그리고 다시는 섬으로 돌아오지 않는다고 했다. 그러니 이 섬에는 사람들이 별로 없고 나이가 많은 노인 몇 만이 이 섬을 지키듯 살고 있는 것이다. 그런데 그 노인은 돌섬 바위 꼭대기에 동상처럼 생긴 그 바위가 이 섬에 불행을 가져오는 것 같다고 말하는 것이었다. 노인의 말을 듣고 있던 낚시꾼들 일행들은 바다가 잠잠해지자 얼른 연락을 취하여 배를 타고 도망치듯 그 섬을 빠져 나왔다고 한다. 통통배가 섬을 빠져나와 섬에서 멀어질 때 쯤 그 노인이 말한 대로 그 돌섬 바위 꼭대기 위에 여자가 서 있는 듯 모습의 바위가 이들 눈에 띄었

고, 이들이 더욱 이상하게 생각했던 것은 그들이 그 근처에서 낚시를
했었는데, 그때는 그 여자 모습의 바위를 아무도 보지 못했다고 한다.

환경에서 한 발짝도 벗어나지 못함은 마치 과거의 숨은 업보를 받은 듯하다.

현실의 삶은 결코 만만치 않지만 경쟁에서 살아남기 위해 자신만의 방어벽을 만들고 이기기 위한 보이지 않는 신경전을 벌인다.

자신이 정말 하고싶은 일은 상황이 어렵기 때문에 못하는 것이 아니라 한 번도 시도해 보지 않기 때문에 할 수 없는 것이리라.

누구나 자신의 약점이 있기 마련이다. 그러나 약점을 감출수록 살아가는 데 걸림돌이 될 수밖에 없다.

이것이 두려움으로 잠재해 자신을 한없이 나약하게 만드는 요인이 되기도 하지만 약점과의 싸움은 세상과의 싸움에서 이기는 가장 큰 에너지원이 되기도 한다. 세상과의 소통의 장애는 내 약점에서 오고 이 또한 열등감과 함께 이것이 쌓이면 죄의식으로 치닫기 때문이다.

자신에 대한 지나친 조심은 행복의 치명적인 걸림돌이 된다.

여승의 눈물

한 비구니 승이 있었다. 이 젊은 비구니 승은 세속에서 부모 없이 고아로 자랐는데, 나름대로 열심히 자립하여 대학까지 졸업할 수 있었다. 대학을 졸업할 즈음 같은 학교의 남자와 사귀기 시작하였고, 사회에 나오면서 남자와 자연스럽게 결혼 얘기가 오갔다. 남자의 부모를 만나 결혼을 허락받고자 하였지만 여자가 고아라는 이유로 그의 부모는 결혼을 승낙하지 않았다. 본데없이 자라난 아이를 자신들 집안에 들일 수 없다는 것이 이유였다. 처음에는 둘이 너무 좋아하는 마음으로 승낙할 때까지 버텨보기도 했지만 결국 남자는 집안이 좋은 여자와 약혼을 하였고, 이 사실을 안 그녀는 헤어지기로 마음먹었는데, 남자는 그녀를 놔주질 않았다.

이유는 간단했다. 결혼은 부모가 원하는 여자와 하고 그녀는 숨겨진 여자로 같이 살고자 했던 것이다. 남자의 이기적인 생각을 알게 된 그녀는 그의 곁을 떠나 바로 조용한 절로 들어가서 지내고자 했다. 작은 암자에서 지내는 동안 자연스럽게 주지 스님과 자신의 사연을 말하게 되었고, 그날 이후부터 주지 스님으로부터 좋은 법문도 듣게 되었다.

그리하여 그녀가 결심한 것은 세속으로부터의 단절된 삶이었고, 비구니 승으로 살기로 마음먹은 것이다. 주지 스님에게 자신의 굳힌 마음을 전달했고, 그녀는 한 사찰로 가게 되었다. 그 사찰은 정식적인 비구니들이 교육을 받는 곳이었고, 그녀는 그곳에서 일 년 동안 지냈을 즈음에 작은 사건이 그녀에게 일어났다.

그녀는 마을로 내려가 잠시 머문 적이 있었다. 그 때 그녀를 눈여겨본 이가 있었는데 그는 심한 장애인이었다. 말도 어눌하고 손발도 약간 뒤틀렸는데, 가끔씩 그녀가 마을로 장을 보러 왔을 때, 그는 이 비구니 승을 보고 남몰래 흠모했던 것이다. 이 사실을 모르는 그녀는 그의 친절에 웃으면서 답하였고, 그것이 화근이었는지 어느 날 그 남자는 서투른 고백과 함께 그녀의 몸을 더듬었던 것이다. 우연히 이 모습을 보게 된 시장 사람 하나가 이 사실을 그 절 주지에게 알렸고, 소문은 삽시간에 사찰로 퍼졌다. 그녀가 사찰로 돌아왔을 때 주지스님은 몹시 화가 나 있었고, 그녀에게 참회의 기도로 삼천 배를 하도록 했다.

그리고 승복을 벗으라고 강요하다시피 했다. 그녀는 삼천 배를 하면서 불전 앞에 울면서 말했다.

"저는 그 장애를 가진 남자가 불쌍한 생각이 들었습니다. 내가 무슨 그리 귀한 존재라고 나 같은 사람을 좋아할까 하고 생각했던 것입니다. 정말 마음 뿐이었는데 그것도 세상 법으로는 죄가 되는 것입니까? 상대의 마음을 받아주는 것도 자비라 생각하여 그것을 마음으로만 베푼 것 뿐인데 제 행동이 과연 승복을 벗어야 될 정도로 큰 죄인가요?"

이렇게 청하면서 그녀의 승복은 땀과 눈물로 범벅이 되었다. 결국 그녀는 승복을 벗고 사찰을 떠났다. 그리고 예전에 자신이 머문 암자에서 만났던 주지 스님을 찾게 되었고, 그간의 설명 끝에 가만히 내용을 들은 스님의 권유로 암자에 머물면서 다시 불법 공부를 하였다. 그리고 암자에서 공양주로 있다가 정식 승려가 되기까지 10년이 걸렸다. 지금은 작은 사찰을 지키고 있는 주지 스님으로 지내고 있는 것이다.

해 뜨는 동해에 해무리가 감도네.
천지를 진동하듯 동해의 물결이
용트림으로 넘실거린다.
파도소리에 삶에 대한 소식을 잠재우고
통통거리는 어선만이 굽이굽이
물결따라 흘러가는구나.
뉘라서 뱃길을 만들었던가.
뉘라서 하늘 길을 만들었던가.
바다위의 공한 하늘엔
갈매기가 날갯짓을 하며
파도의 흐름을 내려다보고
끼룩끼룩 내뱉는 소리는
파도소리가 잠재운다.

하늘 길도 뱃길도 제 갈 길을 가고 있는데
땅위의 사람은 인연대로 갈 길을 찾지 못하고
한평생을 방황하다가 흙으로 돌아가는구나.

뉘라서 임을 찾아볼까나.
뉘라서 임을 알아볼까나.
인연을 잡으려 해도
잡히지 않는 바람처럼 가는 길을 모르니
그 누가 삶의 길을 알려 주리오?

여기 두 사람이 있습니다. 한 사람은 도시에서 생활하고 있고 한 사람은 농촌에서 삽니다. 이들은 전혀 다른 삶을 살고 있지만, 이 두 사람의 공통점은 건실하게 사는 같은 종교인입니다.

그런데 최근에 두 사람에게 걱정이 생겼습니다. 집안에 큰 일이 생겼는데 그 아무도 해결할 수 없는 문제가 생긴 것입니다. 이들은 서로 환경이 달랐지만 믿음의 힘으로 해결하려고 마음먹고 기도처를 찾아 공을 들이기로 다짐했지요.

도시에 사는 이는 기도처가 차로 가면 5분 거리에 있는 곳이었지만 농촌에 사는 이는 서너 시간 거리를 걸어서 오고 가야 했습니다. 그러나 정성으로 기도를 했지만 날이 가고 달이 가도 집안 문제는 해결되지 않았고 두 사람은 몸도 마음도 지쳐만 갔습니다.

실망스러운 마음에 갈등이 생길 무렵 이 두 사람은 같은 날 새벽길에 희한한 경험을 하게 됩니다. 이날도 어김없이 기도처로 가는 중이었는데 누군가가 하나 둘 셋 하면서 따라오는 것이었습니다.

뒤를 돌아보니 금빛 옷을 입은 동자였습니다. 손에는 막대 자를 쥐고 걸어가는 길을 일일이 자로 재는 것이었습니다. 농촌에 사는 이는 이상히 여겨 동자에게 물었습니다.

"얘야, 내가 걸어온 발자국을 왜 자로 재는 것이냐?"
동자가 말했습니다.
"당신이 새벽길을 걸어서 공을 드려왔던 것만큼 복을 주려 함이요."

그리고는 동자는 사라졌습니다. 이날 도시에 사는 이도 같은 경험을 했지만 농촌에 사는 이의 소원이 빨리 이루어졌습니다. 이 이야기는 실화입니다.
정보가 빠르고 명확한 것을 선호하는 현실이지만 지금도 매순간 기적은 일어나고 있습니다.
기적은 자신이 만드는 것이지요.
눈에 보이는 눈속임보다 보이지 않는 것이 진실일 때가 있는 겁니다.

나무 신神

어느 주택가의 한 집에는 화단이 있었다. 여러 가지 꽃나무들과 여러 나무가 있었는데, 그 나무들 중 집안에 어울릴 것 같지 않은 은행나무 한그루가 있었다. 처음 이집으로 이사 올 때에는 나무가 그리 크지 않았다. 1년 쯤 지나자 성장 속도가 빨라지기 시작했고, 은행나무는 위로만 하늘 높은 줄 모르고 자꾸만 자랐다. 밖에서 지나가던 노인들이 이 은행나무를 보고, 기이하게 여겨 한참을 구경하곤 하였다. 그 이듬해에는 제법 크기가 굵은 은행이 맺기 시작하더니 식구들에게 수확하는 작은 기쁨을 주었다. 어느 날부터인가 이 은행나무를 보는 것이 이 집 주인인 그녀에게는 마음의 위안이 되었고, 아침저녁으로 나무에 스쳐 지나갈 때마다 그녀는 대견한 듯 은행나무를 쓰다듬고는 습관처럼 혼자서 중얼거리기까지 했다.

'이 집에 부디 흉사가 없도록 늘 지켜다오. 그리고 특별히 돌보지 않아도 잘 자라주니 고맙다.'

그리고 나무를 손으로 가만히 토닥여주곤 했는데, 이 모습을 지켜본 한 사람이 있었으니 그녀의 시어머니였다. 평소에 그녀의 시어머니는 언제부터인가 그녀를 몹시 못마땅하게 생각하곤 했는데 그것은 같이 살던 아들이 죽은 이후로 더 심해졌다. 그녀를 위로하고자 찾아온 방문객이 집에 올 때는 입을 삐죽거리기까지 했다. 며느리가 하는 일은 일거일동 모두가 밉상이었고, 이런 마음을 남들 앞에서는 내색을 하지 않았다. 날이 갈수록 시어머니의 시집살이는 그렇게 계속 피곤할 정도로 심해졌는데, 그 이유는 또 하나 있었다. 시어머니와의 보이지 않는 갈등은 서로 다른 종교관이었다. 그녀는 마음을 추스르고자 꾸준히 사찰을 다니기 시작했고, 늘 새벽 3시에 일어나 찬물로 목욕 재개하고 새벽길을 매일 사찰로 가서 108배 기도를 올렸다. 겨울이었을 때 일이다. 밤새 날씨가 너무 추운 탓에 수도관이 얼어서 물이 작게 나올 때가 종종 있었기에 전날 저녁이 되면 큰 욕조에 미리 수돗물을 받아 놓을 때였다.

그녀는 새벽에 절에 가려고 몸을 씻으려 욕조를 들여다보니 물이 하나도 없었다. 빨리 씻고 절에 가야 했는데, 하는 수 없이 밖에 있는 물통에 살얼음이 낀 그 물을 떠다가 머리를 감고 목욕을 하고 절에 가야만 했다. 그런데 그 이튿날도 그 다음날도 욕조의 분명히 물을 채워놓았는데 물이 하나도 없었다. 그녀는 이상한 생각이 들었고 욕조가 새는가 싶어서 대낮에 물을 가득 채워놓아 보았고 저녁 무렵 욕조 안을 들여다보니 물은 그대로 있었다. 그러니까 물통이 새는 것은 분명 아니었다. 그런데 그 다음 새벽에 씻으러 물통 안을 들여다보니 물이 또 하나도 없는 것이 아닌가. 그런 일이 열흘 동안 계속 되었고 너무 이상해서 그녀의 딸이 잠을 안자고 목욕탕 옆 작은방에서 밤새 지켜보기로 하였다. 쏟아지는 졸음을 쫓으려고 책을 보고 있었는데 한 두시 쯤 되었을까 목욕탕 쪽으로 누군가가 발소리도 내지 않고 가더니 살며시 문소리도 나지 않게 열고 목욕탕으로 들어가는 것이다. 조금 있으려니 물이 흐르는 작은 소리가 나는 것이 아닌가. 궁금해서 귀를 문에 대고 문틈으로 들여다보니 할머니가 바가지로 그 큰 욕조의 물을 전부 퍼서 바닥에 쏟아 붓고 있었다. 그것도 소리가 나지 않게 하려고 목욕탕 바닥에 살살 붓고 있지 않은가. 이 사실을 딸은 그녀에게 말해주었고, 밤새 물통에 물이 없어지고 있는 이유를 알게 되었던 것이다.

시어머니는 그녀가 새벽에 절에 가는 것을 몹시 못 마땅하게 생각해서 못가게 하려고 그런 일을 했던 것이다. 그래도 그녀는 딸의 말을 듣고 시어머니의 행동을 모른척 하였다. 왜냐하면 시어머니에게 사실을 따지면 집안만 시끄러워질 것 같았고, 그동안의 공들여 쌓아온 공이 무너질까 두려웠던 것이다. 오히려 그녀의 딸이 흥분하여 날 밝은 아침에 그녀가 절에 가고 없을 때, 엄마를 대신하듯 할머니에게 한마디 하였다.

"할머니, 밤새도록 물을 그렇게 버리고 나면 속이 시원합니까? 엄마가 새벽에 절에 가는 것이 그렇게 못마땅합니까? 밤새도록 할머니는 잠도 안자고 욕조의 물을 바가지로 퍼서 다 버리고 있으니 이달 수도 요금을 할머니가 대신 낼 겁니까?"

손녀가 흥분하여 할머니에게 바른 소리를 하자 시어머니는 눈을 흘기면서 손녀에게 말했다.

"이 가스나가 할미한테 못하는 말이 없네. 네가 뭘 안다고 할미한테 따지냐?"

그러면서 오히려 화를 내었다. 그리고 그 일이 있고 난 얼마 뒤였다. 시어머니 방 창문이 꽤 컸는데 문을 열면 바로 은행나무와 마주하게 되어 있었다. 여느 때와 마찬 가지로 창문으로 밖을 보니 은행 나무쪽에 며느리가 나무에 대고 토닥거리면서 소곤소곤 말하는 모습이 시어머니 눈에 띄었다. 그 모습을 보고 갑자기 용심이 났고, 그날 낮에 노인정에 가려고 집을 나서면서 은행나무 가지를 꺾어버렸다. 그리고는 모른척 했는데 그 다음날도 계속 은행나무의 잔가지를 하나씩 꺾어버

렸다. 우연히 부엌에 있던 그녀가 시어머니가 은행나무 가지를 꺾는 것을 보고,

"어머니, 죄 없는 은행나무 가지는 왜 꺾습니까?"

그렇게 말하자 시어머니는 며느리 말에 순간 자존심이 상했는지 얼굴이 붉어지더니 밖으로 대문을 쾅 닫고 나가는 것이 아닌가. 그녀는 꺾인 나뭇가지를 보고 속상해 하면서 은행나무 보고 언제나 마찬가지로 토닥거리며 말을 하였다.

"미안하다. 말도 못하는 네가 내 대신 시어머니 불만이 너한테 분풀이 하는 것 같구나. 해마다 은행 알이 제법 굵게 열리게 되어 수확하는 기쁨을 네가 주었는데 나는 가지가 꺾여나가는 것을 몰랐구나."

그리고는 그녀는 한숨을 쉬었다. 그녀는 은행을 딸 때마다 불전에다 올렸던 것이다. 그런데 그 이튿날 시어머니가 며느리를 급히 찾았다. 시어머니가 부르는 소리에 밖을 보니 은행나무 앞으로 빨리 나오라는 것이었고, 그때, 시어머니가 손을 덜덜 떨면서 그녀에게 말했다.

"어미야. 내가 며칠 전에 은행나무를 일부러 꺾은 것이 아니고 실

수로 내 몸에 닿아 꺾인 것 같은데 왜 이런 일이 일어나는지 모르겠구나."

그녀는 이게 무슨 소리인가 싶어서 되물었다.

"어머니, 무슨 말씀을 하고 싶으신 거예요?"

그러자 그녀의 시어머니가 차분한 목소리로 말을 이었다.

"내가 속이 답답해서 오늘 새벽에 창문을 열었는데 은행나무 큰 가지 꼭대기에 사람이 앉아있는 것이 아니냐. 자세히 보니 색동옷을 입은 동자와 동녀가 나와 눈이 마주 치는 순간 날 뚫어지게 노려보고 있는 것이 아니냐. 너무 놀라서 무섭기도 하고 창문을 얼른 닫아버렸단다. 너는 본적이 없느냐?"

그녀도 놀라서 없다고 대답했다. 그러자 시어머니가 변명하듯

"나는 고의로 은행나무를 꺾지 않았다. 그것만 알아다오."

하더니 시어머니는 집안으로 들어가 버렸고, 그 날 이후, 그녀의 시어머니는 나뭇가지를 건들지도 않았다.

예로부터 사람의 마음이 지극 정성으로 하늘에 닿으면 하늘을 움직인다 하였다. 마찬가지로 동물이나 식물이나 모든 생물에는 사람과 교감할 수 있는 혼이 다 있는 것이다. 어떤 물건을 만드는 이가 오랜 세

월 동안 정성을 다하면 장인이란 말을 쓰게 된다. 이렇듯이 종류하고
는 상관없이 우리 주변에는 많은 것으로 서로 얽혀 있는 것이다. 이 세
상의 모든 것이 함부로 다룰 수 없다. 뭐든지 소중하게 생각하면 할수
록 복이 되어 자신에게 돌아오는 것이다.

누군가를 사랑한다는 것은 그 사람 '혼'을 살리는 것입니다.

사랑하는 사람과 소통을 못할 때는 죽음의 세계와 마찬가지 입니다.

대상을 안다는 것은 깊은 인격적 만남을 말합니다.

진정한 앎은 굳건한 믿음을 주고 실천적 사랑으로 완성됨을 말합니다.

인간관계에서 '사랑의 관계'와 '이해관계'의 차이는

사랑하는 사람에게는 계산이나 따지는 법이 없어야 하지만

반대로 이해관계에는 머릿속에 득실만 따집니다.

영원성 안에 있는 시간의 공간은 삶도 죽음도 하나이듯이

중요한 덕목은 시간과 공간을 초월하여

있는 그대로 그를 사랑하는 것이지요.

사람들은 매순간마다 소망을 갈구하고 성취하려 합니다.

하지만 마음처럼 세상은 내가 설 자리를 쉽게 내주질 않습니다.

때로는 영, 육이 지쳐서 고갈됨을 느낄 때에는 어떤 힘을 빌어서라도 충족시키려 발버둥치기도 합니다.

이럴 때 생각하는 것은 종교의 힘과 또한 신접한 이들을 찾기도 합니다. 그러나 삶을 지탱하는 데 힘과 능력만을 기대하면서 살고 싶어 하고 기대에 못 미치면 실망에 빠지기도 하지만 사람은 실패의 과정을 반복하면서 성숙된 자신을 발견하게 됩니다.

그리고 성숙 단계에 들어서면 내적으로 자유로워짐을 느낍니다.

의미를 두고 시간에 쫓기는 것이 아니라 시간을 벌 줄도 알게 됩니다. 세상 시각으로 보는 눈이 비록 자신이 보잘것 없고 무능하고 능력이 부족해도 삶의 가치를 알고 사랑할줄 알면 절박하고 고통 속에 있는 대상과 함께 있어주는 그런 시간들이 오히려 소중한 사랑의 흔적으로 남습니다.

그리고 있어준 대상을 오랫동안 잊지 못하지요. 사랑은 자비로 잘못의 흔적을 지웁니다. 개인의 삶에 자비의 실천이 없다면 세상살이에 넘어졌을 때 일어날 수 없듯이 사랑은 곁에서 지켜주는 것만으로도 용기를 내어 다시 설 수 있는 이유와 세상을 살 수 있도록 해줍니다.

공양의 의미

바라드 바자라는 사람이 있었다. 어느 날 부처님께서 정오 때가 되어 바루를 들고 그의 집으로 가셨다. 그는 마침 일하고 온 일꾼들에게 음식을 나누어주고 있었는데, 음식을 받기 위해서 서 계시는 부처님을 보고 그가 말했다.

"사문, 나는 밭을 갈고 씨를 뿌려 일을 하고 음식을 먹습니다. 이 일꾼들도 마찬가지입니다. 당신도 밭을 갈고 씨를 뿌리십시오. 그런 다음 음식을 드시오."

그러자 부처님이.

"나도 밭에 씨를 뿌리고 밭을 가꿉니다. 내가 말하는 씨는 믿음의 종자요, 멍에와 호미, 괭이자루. 이것의 의미는 고행이며. 의지이며, 생각하는 호미며, 몸은 근신하고, 진실은 김을 매는 것이며, 온화한 성품과 노력은 황소를 뜻하며, 이 모든 것이 자신을 안온의 경지로 이끌어주오. 이런 수행을 하면 농사를 짓는 거나 마찬가지로 온갖 고뇌에서 풀려나게 되는 것이오. 이것이 나의 깨달음의 길로 이끌어주는 것이오. 육신의 노동의 대가로 먹는 것은 음식이지만 고행의 대가로 깨달음을 얻어 중생들에게 깨우침을 주는 것 또한 음식을 먹을 수 있는 이유인 것이오."

그때서야 바라드 바자가 부처님 말씀에 감복하여 다시 말을 바꾸었다.

"우유죽을 드십시오."

하고 부처님 바리에 우유죽을 담으려 하자 이번에는 부처님께서 사양하셨다. 바라드 바자가 의아하게 생각하면서,

"아니, 음식을 조금 전에는 달라고 하시더니 지금은 왜 사양하시는 것이옵니까?"

그러자 부처님께서 말씀하셨다.

"시를 읊어 대가로 얻은 것은 먹을 수 없소. 깨달은 사문은 시를 읊어 얻은 것은 받지 않소. 왜냐하면 수행자에게 공양을 제공하는 사람은 이유를 묻지도 따지지도 않소. 오로지 수순한 마음으로 음식을 제공할 뿐이오. 단지 깨달음의 길을 가고자 정진하는 수행자를 공경할 뿐이오. 이 우유죽은 신, 완전한 인간, 완전한 사문을 빼고는 이 세상에 이 죽을 먹을 사람이 아무도 없소. 왜냐하면 이 음식은 이미 당신의 의심의 기로 오염되었기 때문이오."

이 말 뜻은 바라드 바자가 처음에는 부처님을 불신하여 음식을 주지 않으려 하다가 부처님께서 설명을 한 뒤에야 어쩔 수 없이 더 이상 음식을 주지 않을 수없는 상황이 되어 버리자 그 마음을 부처님께서 아시고는 그리 말씀하신 것이다. 바라드 바자가 당황하며 말했다.

"그럼 이 우유죽은 어떻게 할까요?"
하고 묻자

"물속에 쏟아버리시오."

말이 끝나자마자 바라드 바자가 물속에 우유죽을 쏟아버리니 부글 부글 거품을 내 뿜었다. 바라드 바자는 자신의 교만함과 어리석음을 깨닫고 그 자리에서 크게 뉘우쳤다.

보시란 원래 머리와 입으로써 행하는 것이 아니고 가슴으로 하는 것이다. 육신을 지탱하는 음식에는 모든 기가 모여 있으며, 몸으로 섭취되었을 때 약의 기능을 한다. 이뿐만 아니라 음식을 주는 사람 역시 정성된 마음가짐이 그 만큼 중요함을 역설하는 것이다.

한 예언자가 있었다. 3년 동안 나라에 기근이 들어 사람들의 생활이 무척 어려워졌다. 이 예언자만이 하늘의 뜻을 알고 있었다. 그래서 하늘의 뜻을 행하려 길을 가다가 지친 몸을 쉬어가고자 주위의 민가를 찾았는데 저만치 작고 초라한 집이 눈에 띄었다. 그 집에서 잠시 쉬려고 주인을 찾았는데, 그 집엔 남편이 일찍 죽고 어린 아들과 홀로 사는 과부가 있었다. 집안에는 변변한 살림살이라곤 찾아볼 수 없을 정도로 무척 가난해보였는데, 그래도 지나가는 길손이라고 물 한 그릇을 주는 것이었다. 예언자가 때마침 몹시 시장기가 느껴져 먹을 것이 없냐고 묻자 그 과부는 풀이 죽은 나지막한 목소리로 말했다.

"저희 집에는 지금 남은 것이라곤 밀가루 한 줌과 기름이 조금 남아있을 뿐입니다. 그렇지 않아도 마지막으로 아들과 함께 이것을 기름에 반죽하여 불에 구워 먹고 앞으로 살아갈 날이 막막하여 아들과 같이 죽으려 했습니다."

그러자 예언자가 과부에게 말하기를.

"말이 씨가 되오. 그 것을 먹고 당신이 죽느니 차라리 없는 셈치고 밀가루를 기름에 반죽하여 구워 나에게 가져오시오. 내가 먹고 기운을 차려 당신을 도와주겠소."

과부가 그 말을 듣고 얼른 과자를 구워 그 예언자에게 정성으로 대접하였다. 음식을 다 먹고 난 다음 예언자가 과부에게 말하기를.

"무슨 사연이 있는지 나에게 말해보시오."

그러자 과부는

"남편이 죽은 뒤, 살길이 막막하여 빚을 졌는데, 그 빚이 눈덩이처럼 불어났습니다. 그리하여 빚을 갚지 못하면 아들을 데려가겠다고 돈을 빌려준 사람이 엄포를 놓고 돌아갔습니다. 그 사람이 내일이라도 우리집에 오면 아들을 보내야 할 처지입니다. 그래서죽으려 했던 것입니다."

예언자가 말을 듣고 난 뒤 말을 했다.

"집안에 있는 빈병이란 빈병은 다 가져오시오. 그리고 이웃에 가서 빌려서라도 빈병을 더 가져 오시오."

그러자 과부는 예언자에게 이유를 묻지 않고 시키는 대로 이웃에 가서 빈병이란 빈병은 모조리 빌려왔다. 그리고는 예언자에게

"이젠 더 이상 병을 빌릴 데가 없습니다."

예언자는 그 병을 줄을 맞춰 나란히 세워놓고는 하늘을 향해 기도를 올린 뒤 검은 천으로 병을 모두 덮어씌운 다음 그 이튿날 과부에게 말했다.

"여기에 있는 병들을 한 번 보시오."

과부가 병을 확인해보니 병마다 기름이 가득 채워져 있었다. 예언자는 말했다.

"이 기름을 시장에 내다 팔면 제법 값을 쳐줄 것이오. 그 돈으로 생활하는 데에는 지장이 없이 살 것이니 빚도 갚으시오."
이렇게 말하고는 뒤도 돌아보지 않고 그 집을 떠났다.

만약 그 과부가 마지막 음식을 예언자가 달라고 했을 때, 무례하다면서 거절했다면 이 과부는 자신이 말한 대로 마지막 음식을 먹고 아들과 죽었을 것이다.

사람들은 위기가 닥치면 당황하여 때를 기다리려고 하지 않는다. 우리가 사는 자연도 때가 되어야만 결실을 맺고, 천상의 별자리가 운행의 법칙대로 움직이듯이 지상도 또한 자연의 법칙대로 움직이는 것이다. 종교를 믿고 사는 사람들의 공통된 생각은 기도의 힘으로 다 이루어진다고 믿고 있지만 나고 죽는 건 모두 순리대로 법칙에 따라 움직이게 되어있다는 것을 알 수 있듯이 구약성서에 보면 모세가 바닷물을 가르는 기적을 행할 때, 그 바닷물이 금방 갈라진 것이 아니라 하느님께서 지구 환경을 만드셨어도 바닷길을 내기 위해서 바닷물을 양쪽으로 밀어내어 가운데 마른 바닷길을 만들 때까지 밤새도록 시간이 필요했다. 이처럼 이룰 수 있는 시간이 필요하고, 기다릴 줄 알아야 이루어지는 것이다.

아무리 먹구름이 하늘을 덮어도 그 속에 빛나고 있는 태양을

사라지게 할 수 없듯이 세찬 바람의 풍속 앞에는 구름도 맥을 못 춥니다.

나라마다 경제가 불완전하다고 해서 개인의 삶이 쉽게 무너지진 않습니다.

잠시 자연환경에 눈을 맞추어 보십시오.

자연(땅)은 인간 고유의 영역이며 수확할 수 있는 뿌리의 근원이기 때문입니다.

일시적으로 주변 환경에 의해 사람 마음이 변할 수는 있어도

물질에 노예가 되어 논쟁을 벌일수록 현세의 삶에는 때론 전환이 필요합니다.

방향 감각을 잃어가는 현대인에게 필요한건 규정에 얽매이지 않는

소박한 원형 그 자체의 자신의 모습을 발견하는 겁니다.

그리고 지금은 충실한 사람이 위대합니다.

그리고 한 번 돌아보십시오.

늘 언제나 그 자리에서 나를 기다려주는 이가 있다면

공허한 마음에 위안이 되겠지요.

정치인의 정책에 관한 〈말 한마디에〉 나라살림은 향후 흥망성쇠를 좌우합니다.

어른의 집안 가풍에 대한 〈말 한마디에〉 집안의 기강이 바로 섭니다.

스승의 예의에 대한 가르침의 〈말 한마디에〉 제자는 깨우침을 얻습니다.

가정에서 부모의 포용력의 따뜻한 〈말 한마디에〉 자식은 험한 세상을 헤쳐나갈 용기를 얻습니다.

진심어린 충고를 해 주는 친구의 〈말 한마디에〉 삶의 활력소를 찾습니다.

전문가들의 경험에 의한 약이 되는 〈말 한마디에〉 미래의 희망을 찾습니다.

이처럼 주변에서 유익한 것을 얻고도 고마움과 감사함을 모르고 지나치는 현실입니다.

삶에 지쳤을 때 혹시 누군가의 〈말 한마디에〉 때문에 상처를 받고 가까운 사람들을 힘들게 하지 않았던가요?

　공석에서 〈말 한마디에〉 〈실수를 하여〉 〈바람 앞에 등불처럼〉 마음을 졸이지는 않았던가요?

　〈말 한마디에〉 때문에 이처럼 통상적인 착각 속에서도 많은 변수가 일어나는 일도 우리의 삶의 일부분으로 껴안고 살아야 할 몫일 겁니다.

성장통

    나이에 비해 키가 작고 유난히 피부가 까무잡잡한 여자아이가 있었다. 어느 겨울날 급히 발길을 재촉하는 엄마의 손을 잡고 동생과 함께 영문을 모르는 채 따라갔다. 그날은 눈이 많이 내린 탓에 눈이 발목까지 오도록 발이 푹푹 빠져서 가는 길이 더디기만 하였다. 도착한 곳은 기와집이었고, 대문을 들어서는 순간 심상치 않은 기운이 느껴졌다. 여자아이가 나중에야 집안 분위기를 눈치채고 울어야 할지 말아야 할지 아이의 눈엔 당황스럽기까지 했다. 아이 엄마는 아이에게 동생과 함께 방으로 들어가 있으라는 말을 하곤 그 집 부엌으로 들어가는 것이었다. 방에 들어간 여자아이는 어리둥절하여 둘러보다가 상 하나가 차려져 있는 것이 눈에 들어왔다. 차려진 상위에는 큰아버지 사진이 놓여 있었다. 그때서야 아이는 울음을 터뜨렸다. 그 집은 여자아이가 처음 가본 큰아버지 댁이었고, 큰아버지가 돌아가셨다는 것을 그때서야 알았던 것이다. 순간 아이의 머릿속은 잠시 혼란스러웠고, 약 일주일 전에 큰아버지는 자전거를 타고 아이의 집 앞을 지나치다가 길에서 놀고 있는 아이를 보고 자전거를 잠시 세우더니 사탕 한 봉지를 주던 생각이 났다. 손님들이 하는 말을 아이는 잠시 귀여겨 들어보니 큰아버지는 폐가 그전부터 안 좋으셨다고 한다. 이때, 이 여자아이가 세상에 태어나서 처음으로 죽음에 대해 깊숙이 실감하였던 것이다. 하지만 사람들이 흔히 말하는 초상집하고는 전혀 분위기가 달랐다. 큰아버지와 큰어머니는 개신교인이었기에 장례도 개신교식으로 하는 것인지, 그 아이가 본 광경은 음식상을 차려놓고 교인들이 둘러앉아서 고인에 대한 큰 절도 하지 않고, 기도와 성가 책을 보면서 찬송가를 부르고 있었기 때문이었다. 아이 눈에 비춰진 그 상황은 이해 할 수 없었는데 이유는 사람이 죽으면 슬퍼하며 울어야 되는데 왜, 찬송가만 부르는 것일까 하는 생각이 들었고, 당황스러운 일이 그 다음에 일어났다. 사람들 속에 분주히 움직이는 엄마는 그들과 함께 행동했고, 세 살 먹은 동생을 데리고 방에 들어가서 저녁밥을 먹으라는 큰어머니의 말에 밥상이 차려진 건너 방으로 동생과 들어갔다. 길게 음식이 차려진 상에는 어른은 없었고, 아이들만 상주위에 둘러 앉아 밥을 먹고 있었는데, 맞은편에 앉아있던 30대 초반의 젊은 여자가 아이들 속에 끼어 밥을 먹고 있었다. 처음 보는 아이들과 낯설은 환경 탓에 음식종류를 어떤 것으로 먹을지 분간이 되지 않아 천천히 먹고 있을 때였다. 그 맞은편에 앉은 여자가 순간 갑자기 앞에 놓여진 음식을 다른 아이들이 먹을세라 젓가락으로 얼른 집어서 옆에 앉은 자신의 아이의 그릇에 음식을 수북하게 놓아주는 것이 아닌가. 그 아이는 빨리 먹으라는 엄마의 재촉에 꾸역꾸역 음식을 넣고 있었고, 그 모습을 보던 여자아이는 갑자기 어린 마음에 욕심 많은 그 여자가 미워지기 시작했다. 그 여자는 다른 음식에는 손도 대지 않았고, 오로지 한 음식에만 집착했는데 그 음식은 닭고기와 떡을 같이 요리한 닭찜이었다. 밥상에 둘러앉은 다른 아이들은 그 여자의 행동에 눈치만 보고 있고, 그 음식에 손을 감히 대지 못하는 것 같았다. 그 모습을 본 아이는 갑자기 오기와 화가 나기 시작하면서 그 여자에 대한 반발심으로 다른 아이들이 가져가지 못하는 그 음식을 그 여자가 보란 듯이 큰 접시에 놓인 닭찜을 동생의 밥그릇에 수북하게 올려주었다. 순간 따가운 그 여자의 시선이 느껴졌지만 아이는 아랑곳하지 않았다. 그리고는 그 여자는 어지간히 식욕을 채웠는지 아이의 손을 잡고 나가버렸다. 그 여자가 나간 뒤에 그때서야 아이들이 조금 남겨진 닭찜을 두고 서로 먹겠다고 다투기까지 했다. 이 여자아이가 그때 느낀 것은 자신의 아이만 배불리 먹이면 그만이다하는 배려심이 없는 이기적인 어른의 모습이었다. 그 때, 그 아이가 배운 것은 살아남기 위한 경쟁심이었던 것이다. 그렇게 저녁을 먹은 후 아이는 엄마가 집에 가자면서 재촉하는 바람에 집으로 돌아왔다. 그런데 무슨 일인지 몰라도 이후, 큰집과의 사이는 멀어졌고 서로 오고가는 왕래가 뜸했던 것으로 안다.

그리고 몇 년이 지난 후 이 여자아이가 목격한 사건이 또 하나 있었다. 아이는 6월의 여름 오후였다. 아이의 엄마가 출산기가 있어 갑자기 진통을 하기 시작했다. 어쩔 줄 몰라 하는 아이를 보고 이모를 빨리 불러달라는 엄마의 말에 아이는 집에서 몇 백 미터 떨어진 이모한테 알리러 급히 뛰어갔다. 이모는 소식을 듣고 혼자 있는 엄마가 걱정되어 급히 산파를 불러 그 산파와 함께 양말을 신을 겨를도 없이 양말을 들고 아이의 집으로 뛰어왔다. 그런데 집에 와서 보니 이미 엄마는 출산하였고 예쁜 여동생을 낳았다. 어떻게 연락이 닿았는지 외숙모가 집에 와서 도움을 주고 있었다. 한숨을 푹 쉬면서 돌아가는 산파의 뒷모습을 보고 아이는 산파의 직업도 편한 직업이 아니구나 하는 생각을 하였다. 그런데 아들을 기다렸던 아버지의 반응은 석연찮았는데 딸을 낳았다는 실망이 컸던 모양이다. 며칠을 계속 술에 취한 아버지를 보았다. 그때 아이가 생각했던 것은 아들을 낳아야 하는구나 하고 생각했고, 엄마가 가정 살림살이를 등한시 한건 여동생이 100일 쯤 지났을 때 이후였던 것 같다. 백일이 지난 여동생을 업고 엄마는 아이의 손을 잡고 늦은 오후 시간에 어디론가 갔었는데 도착한 곳은 긴 마루와 마당이 상당히 넓은 집이었다. 그날따라 엄마의 하얀 원피스에 올림머리를 하고 화장한 모습에 아이는 상당히 신경이 쓰였는데 불안감은 현실로 나타났다. 그 집안으로 들어가자 마루에 일곱 여덟 명의 부인들이 빙 둘러앉아 있었고, 음악 소리가 어디선가 방안에서 흘러나왔는데, 제법 키가 큰 젊은 남자 하나가 마루에서 그 중의 여자 하나와 음악에 맞추어 춤을 추기 시작했다. 그 곡이 블루스 곡이었던 것 같다. 이때, 그 모습 본 엄마가 여자아이한테 동생을 업혀주고 엄마는 그 부인들 틈에 끼어 앉았다. 아이는 그 모습을 마당에서 멍하니 지켜보고 있었다. 이때, 아이가 눈을 의심할 정도로 화가 난 일이 있었는데 그 장면은 그 젊은 남자와 엄마가 둘이 껴안고 춤을 추기 시작하는 것이었다. 아이의 머릿속에 갑자기 복잡해지면서 아버지의 얼굴이 떠올랐고 그런 엄마의 모습을 처음보고 작은 충격을 받았다. 그래서 이제 갓 백일이 지난 등에 업힌 동생을 마당에 내려놓고 엄마와 그 남자를 향해 소리쳤다.

"아버지한테 다 이를 거야! 엄마가 남자와 껴안고 춤추었다고."

아이의 큰소리에 마루에 앉아있던 그 부인들은 돌발적인 그 행동에 몹시 당황했는지 얼굴이 전부 벌개져서 "어머, 어머," 하면서 엄마보고

"왜 아이를 데려왔어요?"

하면서 따졌다. 그리곤 음악소리가 더 이상 나지 않았고, 누가 음악을 껐는지 순식간에 분위기는 어수선해졌다. 금방 아이한테 달려와 때릴 듯한 표정으로 아이를 노려보는 엄마의 얼굴을 보고 그 집을 뛰쳐

172

나와 한없이 내달렸다. 그리고는 갈 데가 마땅치 않다는 걸 깨닫고 잠시 생각한 끝에 집으로는 가지 않고 집 뒤에 있는 야산으로 올라갔다. 산꼭대기에서는 산 아래에 있는 동네가 다 보였고, 여자 아이의 집 마당도 보였기 때문이다. 아이는 퇴근하는 아버지를 기다렸다가 아버지가 집으로 들어가는 것을 보고 집으로 같이 들어갈 심산이었던 것이다. 하지만 그날따라 아버지는 보이지 않았고, 집에 잘 오지도 않던 이모가 집 쪽으로 오고 있는 것이 아닌가?

아이는 그때서야 산에서 급히 내려와 이모를 불렀다. 그리고 이모한테 그동안 있었던 일을 낱낱이 이야기 했고 이모만 믿고 이모를 따라 같이 집으로 들어갔다. 그런데 아니나 다를까 엄마는 단단히 아이를 혼내주려 벼르고 있었고, 이모 때문에 아이에게 뭐라 하지 못하고 눈만 흘길 뿐이었다. 그때 엄마와 함께 방에서 이모와 대화를 하는지 작은 소리가 들렸다. 아이 생각엔 이모가 엄마를 혼내 줄 거라고 생각하고 있었다. 그런데 이모가 엄마에게 하는 말을 들은 아이는 실망감에 가득했다. 이모는 뭐라고 엄마에게 혼내는 것이 아니라.

"너는 눈치껏 해야지. 아이를 그런 장소를 데리고 갔니? 다음부터는 그런 장소에는 혼자 가거라."

이모가 하는 소리를 부엌문에서 엿들은 아이는 이모에게 갑자기 배

신감이 느껴졌다.   그리고 날이 어두워지자 이모는 집으로 돌아갔고 아이는 엄마의 눈치를 보면서 아버지를 기다려야 했는데 그날도 아버지는 술에 취해 늦게 돌아오셨기에 아이는 잠이 먼저 들었던 것이다. 나중에 안 사실이지만 아버지도 엄마가 춤을 배우고 있었다는 사실을 이미 알고 있었고 말려도 보았지만 고집스런 엄마의 성격 탓에 그냥 내버려두었던 것이었다. 이때, 아이의 눈에 비춰진 가족이라는 의미는 언제 올지 모르는 폭풍우처럼 느껴졌다. 서로 참는 것 같이 보였지만 마음에 응어리로 남아서 풀 수 없는 수수께끼 같은 생각이 들었던 것이다. 아이는 자기 부모님을 보고 생각했다. 한 가정의 가장이 참는데, 자식이 부모에게 불만이 있어도 말을 하지 못하는 내성적으로 변해가는 자신을 보았던 것이다.

그리고 아이의 가슴엔 한 가지가 심어졌다. 그것은 나중에 엄마처럼 살지 않겠다는 생각이었다.

어느 국가이든지 정책이 바뀌면 현명한 사람은 대책을 세워 때를 기다립니다.

기업도 발전하려면 성장할 인재 육성을 위하여 기다립니다.

난세에 영웅이 등장하는 것도 때를 기다렸기 때문입니다.

현재 성공한 사람들의 공통적인 것은 어떤 문제에 부딪치면

답이 나올 때까지 자신에게 수없이 질문하는 습관입니다.

그리고 때를 알고 기다립니다.

도박에 중독되는 건 본전 생각 때문이라고 합니다.

이미 지난 것에 대한 미련을 버려야만

어려운 고비를 현명하게 대처해 나가지 않을까요?

그래도 삶에 활력을 주는 건 내가 움직여야할 이유가 있기 때문이 아닌가요?

세상 원리는 흙, 불, 공기, 물 네 원소가 있음으로 해서

무엇이든지 정한 때가 있기 마련입니다.

정한 때란 순서대로 삶이 진행된다는 말이기도 합니다.

마음이 먼저 앞서 성취하려고 애쓰다보면

오히려 잃어버리는 것이 이치입니다.

갈 때는 가고 때가 되면 오게 되어 있는 것이

삶의 여정입니다.

가정에서 소중한 그릇과 천한 그릇을 분류해 쓰듯

자신의 귀함과 천함은 근본 자세에서 나오며,

이 중 당신은 어떤 그릇에 속해 있나요?

당신의 참모습을 신뢰할 수 있는 이가 많을수록

당신은 충분히 존경 받을 대상입니다.

여망어 餘妄語

사냥꾼이 토끼를 쫓고 있었다. 사냥꾼은 마침내 토끼를 발견하고는 활을 쏘았는데 토끼가 깜짝 놀라서 활을 피하여 달아나는 것이 아닌가. 토끼가 사냥꾼을 피하여 이리저리 숲을 헤매다가 한 나무 아래서 부처님이 앉아계신 것을 보았다. 토끼는 급한 마음에 부처님이 앉아계신 자리 뒤로 숨었다. 조금 있으려니 사냥꾼이 헐레벌떡 숨이 차서 부처님 앞에까지 이르렀다. 그리고 부처님께 말하기를.

"토끼를 보지 못했습니까? 분명히 이쪽 방향으로 토끼가 온 것 같았는데."

그러면서 사냥꾼은 이리저리 주위를 둘러보는 것이었다. 그런 사냥꾼을 보고 부처님이 말씀하셨다.

"못 보았소."

사냥꾼은 의심스런 표정으로 굳어져서 다시 산속으로 토끼를 찾아 가버렸다. 이 모습을 지켜본 부처님의 제자가 부처님은 거짓된 것을 가르치지 않는지라 이를 이상히 여겨 부처님께 여쭈었다.

"부처님, 제가 분명히 토끼가 부처님의 자리 뒤에 숨는 것을 보았 는데 어찌하여 사냥꾼에게 보지 못했다는 거짓말을 하십니까? 부처님 께서는 거짓된 망언을 하지 말라고 가르쳐 주시지 않았습니까? 이는 어떤 연고로 사냥꾼에게 그리 말씀 하신 것이옵니까? 납득이 되도록 일러주십시오."

제자의 말에 부처님께서 다시 말씀 하셨다.

"바사닉 왕이 한 날 궁중 연회 끝에 술이 몹시 취해서 사리 분별을 하기 어려울 지경에 이르렀을 때였다. 이때, 초대된 신하들 중에 연회 에 차려진 음식에 대해 불만을 품은 사람이 있었다. 이 모습을 본 왕이 갑자기 흥분하여 주방을 감독하는 주방장을 당장 죽이라고 병사에게 명령하였다. 누군가가 이를 왕후에게 사실을 알렸고, 왕후 말리 부인이 이 소식을 듣고 바사닉 왕이 술이 취해 제정신이 아닌 상태에서 명령한 것이라 여겨 사람을 시켜 주방장을 죽이지 못하게 만류하고, 당분간 주방장은 몸을 숨기게 하였고, 왕후가 지시하는 소식이 있을 때까지 왕 앞에 나서지 못하게 했다. 여러 날이 지나서 말리 부인은 왕이 술이 깨어 몸을 추스르고 정신이 말짱한 후에 뵙기를 청하였다가 왕에게 나아가 아뢰었다. 그리고 술에 취하여 주방장을 죽이라고 명령한 것을 상기 시키면서, '진정 왕께서는 그동안에 조석으로 왕 옆에서 지극정성으로 보필한 그를 해하려 하십니까? 그는 지금 두려워서 떨고 있습니다. 어찌하여 연회에서 신하의 말만 듣고 사람 목숨을 해하려 하십니까? 그 주방장이 죽어야 할 만큼 큰 실수를 저질렀는지요? 제가 보기에는 그는 충신입니다. 여태껏 그는 왕께 해로운 일을 한 번도 하지 않았습니다. 한낱 소인배들의 시기심어린 말만을 믿고 그를 죽이시겠습니까?' 한참 왕후의 말을 듣고있던 바사닉 왕은 자신의 옹졸함을 크게 뉘우쳤다. 그리고 왕은 한 번 명령한 것을 취소하지 못하는지라 왕후에게 이 일을 맡겼다. 이때, 왕후는 조심스레 주방장을 왕의 처소에 보내 다시 시중을 들게 하였고, 왕은 그를 다시 보자 기뻐하였다."

부처님께서 제자에게 다시 말씀 하셨다.

"이것은 방편 권고로 자비한 마음으로 왕을 제도하고 이익하게 함이니 이것을 '여망어(餘妄語)'라고 한다. 그러므로 토끼를 구하기 위한 연고로써 이 또한 자비심이라고 일컫는 것이다."

병원에서 의사들이 환자들에게 솔직하게 말하지 못할 때가 있다. 그 것은 환자의 병이 심각할 때에 환자 자신이 그 병명을 아는 순간 삶의 의지가 꺾여 삶에 대한 포기를 할 수도 있기 때문이다. 그래서 흔히 의 사는 보호자에게 사실을 알리고, 어떤 형식으로든 환자에게 도움이 되 도록 말을 한다. 생명을 살리기 위해서는 때로는 거짓말이 방편이 될 수도 있다는 것을 설명한 것이다.

아름다운 자연이라도 그 가치가 인정되지 않으면 보존되기 어렵습니다.
아름다운 여자라도 그 가치를 인정해주는 이가 없다면 무의미합니다.
누군가를 죽도록 사랑한 시간의 흐름도 누군가에게 사랑을 받았던 시간들도
내면에서 비켜낼 수 없는 것 또한 자신의 가치기준일 겁니다.
하지만 내가 나를 판단하는 기준보다
이웃이 나를 판단하는 가치기준이 더 명확한 것입니다.
이렇듯 우리의 삶은 많은 가치기준으로 종속되어 얽혀 살아갑니다.
당신은 미래를 위한 가치기준을 어느 방향에 두고 있나요?

 공부 할 때라 하고-

집안일 할 때라 하고-

도덕을 지킬 때라 하고 -

바로 잡을 행동의 때라 하고-

재물을 모을 때라 하고-

선행을 베풀 때라 하고-

내 편한대로 은애 하다가

언제나 기준을 정해서 사람들은 '때' 라고 합니다.

갑작스런 재앙도 '때' 라고 하겠습니까?

현명한 이라면 잘못된 인식의 어리석음에 따라가지 않고 한결
같은 지조로써 하고자 하는 일을 성취하겠지요.

시대의 흐름을 읽는 눈과 생사를 넘나드는 깨우침에는 스승의
보호함이 없이도 뜻함이 독특하여 함께 반려할 이 없어도 스스로
나아감이라.

화살을 뽑고 침묵을 깨리라

재물의 독

예루살렘 성에 성전을 지키는 오니아스라는 대 사제가 있었다. 당시의 사제의 권한은 다른 나라의 왕들도 성소를 존중히 여겨 일부러 최고의 선물을 바칠 만큼 그 영광과 위엄이 대단하였다. 그런데 성전에 경리 책임을 맡던 시몬이라는 자가 있었다. 시장 관리권에 대하여 오니아스와 시몬은 의견충돌이 빚어졌는데, 이때 시몬은 자신이 돈을 관리했지만 대사제 허락 없이는 한 푼도 사용할 수 없었기 때문에 불만이 커져만 갔다. 대 사제에게 앙심을 품고 시몬은 총독을 찾아가 넌지시 성전의 돈이 상당히 많이 있음을 귀띔해 주었고, 이 돈은 제사용이 아니고 왕의 권한으로 마음대로 쓸 수 있다고 총독에게 말을 하였다. 이때, 총독은 왕에게 달려가서 넌지시 성전 금고에 대한 말을 했고, 왕의 권한으로 그 돈을 국고로 가져올 수 있다고 말을 하였다. 왕이 이 말을 듣고 성전의 금고를 몰수할 방법을 궁리하게 되었다. 성전에서 돈을 가져오려면 뚜렷한 명분이 있어야 했다. 명분을 찾지 못하면 많은 사람들이 반란을 일으킬지도 모른다는 생각을 했기 때문이었다. 그래서 왕은 아무도 모르게 총리대신으로 하여금 성전으로 가서 이 일을 할 적합한 사람을 찾아서 예루살렘으로 보내기에 이르렀다. 마침내 헬리 오도로스라는 사람을 왕의 밀명으로 예루살렘으로 보냈고, 이 도시를 시찰하러 가는 것처럼 꾸몄으나 실은 성전에 금고를 몰수하려고 갔던 것이다. 누군가가 이 사실을 대 사제에게 알렸고, 마침내 예루살렘에 도착한 헬리 오도로스가 성전에 대 사제의 허락 없이 왕의 권한으로 막무가내로 들어가려 하자 대 사제는 이를 말리면서 애원하였다.

"성전에 있는 돈은 과부와 고아들을 도와주기 위한 재물일 뿐입니다. 총리께서 생각하고 있는 것처럼 그렇게 많은 돈이 아닙니다. 잘못된 정보에 현혹되지 마십시오. 성전에 경리로 있던 시몬이 나와의 안 좋은 감정으로 이 일을 꾸몄던 것입니다. 그러니 제발 돌아가십시오. 청컨대, 성전 재물은 그냥 놓아두십시오."

그러나 헬리 오도로스는 왕의 명령을 수행 중이라면서 군사들과 함께 성전 안으로 들어가 금고 앞까지 다가갔다. 이 모습을 본 사제는 부들부들 사지를 떨고 있었다. 소문을 들은 많은 사람들이 슬픔에 젖었고 놀라게 되었다. 그리고 성스러운 성전이 권력에 의해 짓밟힌다고 생각하게 되었다. 헬리 오도로스는 계획대로 금고를 압수하려고 호위병을 데리고 금고에 손을 대려고 했을 때, 갑자기 엄청난 빛이 그들을 덮쳤고, 호위병들은 그 자리에서 기절해버렸다. 그리고 성전 천장에서 휘황찬란한 모습을 한 말이 무시무시하게 생긴 모습의 기사를 태우고 헬리 오도로스 앞에 나타났다. 그리고 그를 향하여 말이 앞발을 쳐들고 돌진하였다. 그 기사는 황금 옷을 입고 있었는데, 공중에서 젊은 두 장사가 함께 나타났다. 그들은 이 세상에 그 어느 누구도 견줄 수 없는 화려하고 엄청난 미남이었다. 그 한 손에는 채찍을 들고 있었는데 헬리 오도로스의 양 쪽에 서서 쉴새 없이 그를 한없이 채찍으로 내리쳤다. 그러자 그는 기절해버렸다. 그러고 나서 정신을 차렸을 땐 사람들이 들것에 실어 자신을 밖으로 내 보내고 있었다. 얼마나 치명적이었던지 맥박이 희미해지고 얼마 안 있어 숨이 멎을 지경이었다. 대 사제가 무섭고도 한 편으로는 성전이 무사하다는 것에 안심은 되었지만 왕이 이 사실을 알면 공연히 사람들이 그를 해쳤다고 오해 살 수도 있다는 생각을 했다. 그래서 그를 어떻게 해서든 살려야겠다고 마음먹었다. 그리하여 헬리 오도로스를 들쳐 업고 다시 성전에 들어가 제단 앞에 눕히고, 대 사제는 하늘을 향해 그의 죗값으로 그를 살려달라는 청원의 기도를 올렸다. 이때, 채찍을 든 두 장사가 다시 나타났다. 그리고 얼마쯤 지나 헬리 오도로스는 정신은 차리게 되었지만 몸은 움직일 수 없었다. 헬리 오도로스에게 두 장사가 말했다.

"대 사제가 너를 위하여 네 목숨을 살려달라고 하늘을 향해 청하였다. 너는 죽었어야 할 몸인데 너를 살린 것은 대 사제이다. 그러니 네가 본 사실을 돌아가거든 사람들에게 알려라. 그리고 성전에는 두 번 다시 이런 일이 없도록 하여라. 하늘의 보살핌이 이 성전에 머문다는 것을 명심하여라."

그렇게 말하고 나서 그 젊은 장사들은 사라졌다. 그는 자신이 본 일에 대하여 왕에게 알리려고 마음먹었다. 얼마 동안 사제의 덕택으로 몸을 회복한 헬리 오도로스는 궁으로 돌아가 왕에게 성전 안에서 있었던 일을 상세히 설명하였다. 그러자 왕이 말하였다.

"그럼 다음엔 예루살렘 성전에 누구를 보내야 되겠느냐."

하고 헬리 오도로스에게 왕이 물었다. 그래서 그는 이렇게 말했다.

"폐하의 원수가 있다든가, 왕권을 노려 반역하는 자가 있다면 그 성전으로 보내십시오. 그곳에서 호되게 매를 맞아 시체로 돌아오거나 아니면 반 쯤 죽어서 돌아오게 될 것입니다. 분명히 그곳은 이 세상 그 어느 누구도 함부로 생각할 수 없는 곳입니다."

이리하여 성전의 금고는 그 누구도 함부로 말을 할 수 없게 되었다. 한 사찰에서 수도하는 오백 명의 비구 승들이 있었다. 바다의 갖가지 진주를 캐내어 장사하는 상인들이 이 사찰을 지나가게 되었다. 잠시 사찰에서 피곤한 몸을 쉬게 되었는데, 많은 비구 승들이 사찰에서 지낸다는 것을 알고 장사꾼들은 오백 개의 진주를 모아 주지에게 맡기면서 말했다.

"비구 승들에게 공양거리를 마련해 주십시오. 성의껏 이 진주를 우리가 모아 거둔 것이니만큼 부디 받아주십시오."

그렇게 부탁하고 장사꾼들은 그 절을 떠났다. 그런데 주지는 생전 처음 많은 진주를 손에 넣으니 욕심이 생겼고, 그것을 자신이 나중에 필요할 때 쓰고자 꽁꽁 숨겨두었다. 갈수록 부실한 공양거리에 비구 승들의 불만이 터져 나왔고, 그 비구 승들이 주지에게 말하였다.

"얼마 전에 다녀간 상인들이 맡긴 진주를 받은 걸로 알고 있는데 그것으로 왜 공양을 차리지 않습니까?"

주지가 답하였다.

"그 진주는 내 개인 몫으로 준 것이지 당신들 공양거리 하라고 준 것은 아니오. 그러니 나에게 불만이 있는 자는 당장 이곳을 떠나시오. 이곳에 머무는 객승 주제에 계속 불평을 한다면 똥만 주리라."

오백 비구 승들은 주지의 무지함을 보고 한꺼번에 절을 떠나 다른 곳으로 가버렸다. 그러자 사찰에 혼자 남은 주지는 진주를 꺼내어 보며, 회심의 미소를 지었지만, 그날 밤, 그는 진주를 써보지도 못하고, 제 명줄을 다하기도 전에 죽어 바로 흑암지옥으로 떨어졌고, 짐승으로 환생하여 죽지 않을 만큼 고통을 겪으며 살았다. 한 생이 아니고 이 괴로움은 처절하리만치 몇 백 생을 그렇게 윤회하면서 사는 것이다.

　부산의 한 사찰에서 있었던 일이다, 어느 한 겨울 늦은 밤 법당에서 흐느끼는 젊은 여자의 목소리가 주지 스님이 머무는 요사채까지 들리게 되었다. 놀란 스님이 공양주를 불러 법당에 가보라고 하였는데, 그 공양주가 법당에 가서 문을 열고 보니 향불을 피워 놓고 30대 초반의 젊은 여자가 어린 아들을 안고 울고 있는 것이 아닌가. 공양주가 놀라서 사연을 들어보니 오갈 데 없는 신세가 되어 남 몰래 법당에 들어오게 되었다고 말하는 것이었다.

　주지에게 사실을 알리고 당분간 절에서 지내게 되었고, 허드렛일을 하면서 돈을 조금씩 모았다. 그렇게 생활을 하면서 자립할 수 있는 돈이 모아지자 절을 떠나 아들과 함께 살면서 장사를 하게 되었다. 그리고는 매달 재일이 되면 장사한 돈의 일부를 공양 올릴 것을 빠지지 않고 불전에 올렸다. 이렇게 하기를 2년 동안 공을 들였고, 날이 갈수록 장사 규모가 커져서 사업을 하기까지 이르게 되었다. 그녀는 하는 일마다 좋은 인연들 덕택에 많은 돈을 모을 수 있었다. 빌딩도 살 만큼 재산을 많이 모았는데, 언제부터인가 그녀는 자신도 모르게 옛날 일들을 까맣게 잊어가고 있었다. 두 번 다시 절에도 가지 않았고, 대신 휴일이면 골프와 해외여행을 다녔다. 그러던 중에 아들이 대학에 들어갔는데, 대학생이 되어서는 그녀에게 자동차를 사달라고 조르기 시작했다. 아들이 어렸을 때 장난감 하나 변변하게 사주지 못했던 것이 안타까웠기 때문에 장난감 사주듯이 최고급 외제 자동차를 아들에게 사주었고, 아들은 나이에 걸맞지 않게 고급 차를 타고 다니며 학교를 다녔고, 친구들을 태우고 놀러 다니는 일이 빈번하였다. 언젠가 아들이 같은 과에 다니는 여자 친구를 자신의 옆자리에 태우고 교통지리에 익숙하지 않은 곳에 가게 되었는데, 일방통행인 줄 모르고 운전하다가 이면도로에서 속도를 내어 유치원생인 여자 아이를 보지 못하고, 아이를 차에 치여 그 자리에서 목숨을 잃는 사건이 일어나게 되었다.

소식을 들은 그녀는 골프를 치다가 급히 경찰서로 달려갔고, 울먹거리는 아들을 달래면서 어떻게 해야 할지 주변 사람들과 의논한 끝에 죽은 여자아이의 부모를 만나 합의를 하려고 하였다. 그런데 그 부모들이 얼마나 충격이 컸는지 만나주려 하지 않았다. 시간이 흐르고 날이 갈수록 그녀는 초조해졌고, 마침내 죽은 아이의 부모를 만나게 되었지만 그 아이의 부모는 합의를 해주려 하지 않았다. 그녀는 언제부터인가 돈이면 뭐든지 다 해결된다는 생각으로 사고방식이 바뀌어 있었고, 합의하는 과정에서도 이 오만함으로 인하여 죽은 여자아이의 부모가 합의를 해주지 않았던 것이다. 나중에 안 사실이지만 이 죽은 여자아이의 집안도 상당한 재력가였던 것이다. 그녀는 풀리지 않는 답답한 마음에 지푸라기라도 잡는 심정으로 자신이 오갈데 없을 때, 자신을 받아준 절의 주지 스님이 생각났고, 해질 무렵 조용히 절을 찾았다.

스님께 울며불며 사정을 말씀 드렸고, 그 사정을 들은 스님이 지인을 통하여 능력 있는 변호사를 소개해 주었다. 그리고 매월 재일 때가 되면 빠지지 말고 참석하라고 그녀에게 일러두었는데, 스님의 생각으로는 그녀에게 직접 부처님께 정성을 보이라는 뜻이기도 하였던 것이다. 하지만 재일 때 그녀는 오지 않았다. 그날 참석한 불자들이 집으로 다 돌아간 뒤에 법당에 스님이 홀로 앉아 눈을 지그시 감고 선정에 들고 있었다. 그때 큰 칼을 들고 있는 신장님들이 몇 분이 보이면서 화가 난 모습으로 누군가를 향해 보고 있었다. 스님이 자세히 보니 아들 문제로 찾아온 그녀였다. 신장님은 그녀에게 노기 띤 얼굴로 칼을 내리쳤고, 순간 놀라서 스님은 눈을 떴다. 그리고 스님은 고개를 가로저었다.

'신장님을 노하게 하였으니 내가 아무리 그녀를 위해 공을 드려봐야 안될 일이다. 신장님의 분노를 가라앉힐 분은 관세음보살님뿐이시니 이 노릇을 어찌하랴. 사람의 힘으로는 어찌 할 수 없으니…… 안타

까울 뿐이로다.'

주지 스님은 그녀를 직접 불러다 그녀 스스로가 참회해야 일이 풀릴 것이라는 것을 아시고, 그녀에게 연락을 해보려 했지만 연락이 닿지 않았고, 절에도 역시 두 번 다시 찾아오지도 않았던 것이다.

누구나 인생의 고민은 길지만 쾌락은 짧다. 그러나 염려할 것 없다. 섣불리 실수를 탓하여 자기 자신을 포기하는 일이 없어야 한다.

세상일과 자신의 처지를 비교해 사물에 집착하여 돌아보고

생각과 마음이 거기에 묶이면 근심은 내 몸을 떠나질 않는다.

시간이 흐르면 법도 자연히 바뀌듯 모든 것은 변하는 것.

질그릇은 원형대로 구운 것이건 약을 발라 정성으로 구운 것이건

언젠가는 한 번은 깨지고 부서지고 마는 것.

사람도 성숙하려면 몸과 마음이 이 같은 경로를 겪기도 한다.

이것이 시간의 흐름이 주는 교훈이다.

현명한 사람은 세상일에 물 위의 기름처럼 겉돌지 않는다.

물과 젖처럼 섞여서 화합할 수 있는 지혜를 찾는다.

세상 일에 자신을 너무 조이면 조바심과 어울리고,

너무 늦추면 게으르게 되니

자신을 경계해야 모든 일에 실수를 하지 않는다.

익은 과일이 빨리 떨어지듯 완벽한 인생을 동경하기보다

나에게 맞는 삶을 택하여 길을 만들어 나가는 것이 보다 현명하지 않을까.

맺음말

　세계를 돌아다니는 배낭여행 족이 있었다. 그는 아프리카 쪽으로 여행을 하다가 가고자 하는 목적지가 변경되었다. 그러다가 그 지역 마을 추장의 도움을 받게 되었다. 마을 추장은 그 지역의 지리를 훤히 알고 있었기에 그가 가고자 하는 곳을 안내해 주었다. 길을 같이 가다가 잠시 쉬었는데, 그는 추장에게 카메라, 핸드폰, 전자 사전 등등.... 일일이 문명의 기기 등을 보여 주고 이름을 가르쳐 주면서 편리함을 열심히 설명해 주었다. 여행자의 말을 가만히 듣고 있던 추장이 이렇게 말했다.

　"당신의 행복은 이것을 사용하는 것이겠지만, 나한테는 살아가는 데 아무런 도움을 줄 것 같지 않으니 그것이 좋은지 나는 모르겠소."

　이때, 추장의 말을 들은 여행자는 자신이 부끄러워졌다. 추장에게는 사냥하면서 가축을 키우고, 소규모의 농토를 가꾸면서 살아가는 부족

이기 때문에 문명의 기기들이 아무런 소용이 없었기 때문이었다.

　이와 마찬가지로 살아온 환경이 다르고, 배움의 척도가 다르면 행복의 기준도 다른 것이다. 나는 오늘 오전에 동네 놀이터 옆을 지나다가 아무도 없는 놀이터에 혼자 그네를 타는 할머니를 보았다. 천진난만한 얼굴로 아주 행복한 표정으로 나와 눈이 마주치자 웃고 있었다. 그 모습이 마치 아이 같았다. 행복의 기준은 어떤 처지에 있든지 자신이 느끼는 것이다. 어떤 정의를 내릴 수 없는 것이다. 시중에 행복에 관한 서적들이 많이 있어도 자신한테 소용되지 않는 것은 사람들이 관심도 가지지 않는다. 행복의 척도가 완벽하지 않기 때문에 새로운 의견을 만들어내고 제시하기도 한다. 그러므로 사람들은 사후세계는 현실과 동떨어진 세계로 본다. 하지만 내가 말하고 싶은 것은 이승과 저승은 현실과 연결되어 있다는 것이고 믿든, 안 믿든 사람들이 알면 알수록 자신이 미래를 살아가는데 도움이 된다는 것을 말해 주고 싶다.

　누구나 살면서 지워지지 않은 추억이 있기 마련이다. 그런데 나는 지금까지도 아버지의 여윈 등만 생각난다. 내가 어렸을 때 아버지는 나를 업고 재우고는 하였는데 그 등이 포근하고 아늑하게 느껴져 이내 금방 잠이 들었던 기억이 난다. 내가 성인이 되었을 때 피곤에 지친 아버지의 등을 문득 보았을 때, 작고 왜소해 보였던 기억이 난다.

　어느 날 아버지가 임종하기 일주일 전에 급히 나를 불렀다. 이때, 아버지는 몹시 고통스럽고 괴로운 표정으로 얼굴이 하얗게 사색이 되어 나에게 하는 말이 있었다.

"여기 방에 앉아있는 검은 옷을 입은 사람들을 빨리 지금 내보내라."

내가 보기에는 대낮에 그 방에는 아무도 없었다. 아버지가 병중이라서 헛것을 본 것이라 생각했다. 하지만 왠지 석연찮은 마음이 들어 아는 이에게 아버지를 위한 기도를 부탁했다. 그리고 일주일 후 아버지가 나를 또 불렀다.

아버지는 전에 없이 밝은 표정으로 말씀하셨다.

"여기 계신 손님들 잘 대접해라."

역시 주위에는 아무도 없었고, 나는 아버지께 여쭈었다.

"손님이 어떻게 생겼어요?"

그러자 아버지는

"흰옷을 입고 머리에 금띠를 두르고 있는 사람들이 방에 앉아있지 않느냐? 그러니 이분들을 잘 모셔라."

하지만 둘러봐도 아무도 내 눈에는 보이지 않았다. 그 일이 있고 나서 3일 뒤 아버지는 임종하셨다. 임종하신 뒤에도 아버지는 나에게 많은 것을 깨닫게 해주셨다. 내가 살아가면서 크고 작은 우환으로 많은 일들이 일상에서 일어날 때마다 꿈에 나타나셔서 미리 예견해 주셨고 지금까지도 계속 아버지가 보인다. 내가 아버지를 통해서 분명히 깨달은 것은 나쁜 것이든 좋은 것이든 미리 알려주시지만 상황이 바뀌지는 않고 그대로 일어난다는 사실이다. 그러니 미리 각오하고 대비하라고 일러주시는 것이다. 그래서 업은 피할 수가 없는 것이다.

"여보게, 자네, 저승에 가보았는가? 가보지 않았으면 말을 하지 말게나."

2011년 8월 14일 (음력 7월 15일) 미타재일에 글을 마감하다.

글쓴이　로사

화살을 뽑고 침묵을 깨리라

1판 1쇄 발행   2011년 9월 27일

지은이   **김영신**

만든곳   **도서출판 무량수**
부산광역시 해운대구 재송동 1209 센텀IS타워 1009호
전   화   051-255-5675   팩스 051-255-5676
E-mail   boan21@korea.com
출판신고번호   제9-110호

ISBN 978-89-91341-33-3

값 15,000원